集英社オレンジ文庫

吸血鬼と伝説の名舞台

赤川次郎

JN259080

CONTENTS

MAIN CHARACTERS

神代エリカ

吸血鬼クロロックと日本人女性の間に生まれたハーフの吸血鬼。
父ほどではないが、吸血鬼としての特殊能力を受け継いでいる。
現役女子大生。

フォン・クロロック

エリカの父で、東欧・トランシルヴァニア出身の正統な吸血鬼。
…なのだが、今は『クロロック商会』の
雇われ社長をやっている。恐妻家。

涼子

エリカの母亡き後、クロロックの後妻となった。
エリカより一つ年下だが、一家の実権は彼女が
握っていると言って過言ではない。

虎ノ介

通称・虎ちゃん。クロロックと後妻・涼子の間に生まれた、
エリカの異母弟にあたる。特殊能力の有無はまだ謎だが、
嚙み癖がある。

橋口みどり

エリカ、千代子と同じ大学に通っている友人。
かなりの食いしんぼで、美味しいものがあれば文句がないタイプ。

大月千代子

エリカ、みどりの友人で、大学では名物三人組扱いされている(?)。
三人の中では、比較的冷静で大人っぽい。

KYUKETSUKI TO DENSETSU NO MEIBUTAI

吸血鬼と
伝説の名舞台

JIRO ✠ AKAGAWA

赤川次郎

吸血鬼と幻の女

✤ 夢かまことか

もちろん、ドラマはドラマで、現実ではない。

そんなこと、分かり切ってる。――それでも、その夜、早坂浩次《はやさかこうじ》は「何か変わったことが起きないか」と祈りたい気分だったのである。

前の日にたまたま見た映画で、主人公の画家が、夜のマンハッタンをさまよっているとき、謎の美女に出会うというお話だったせいかもしれない。

「俺だって……」

と、少し酔っていた早坂浩次は、

「俺だって、あんないい女に出会ったりすれば……。そうだとも」

しかし、映画の主人公と早坂との間には、いささか違う点があった。

まず、映画では「売れっ子の画家」で、月に一枚絵が売れれば、高級マンションに住んでいられる収入があったが、早坂は普通のサラリーマンで、週に五日は満員電車に揺られて出勤して、やっと食べていける給料しかもらっていなかった。

それに、映画の主人公はスラリとした二枚目で、ポルシェを乗り回しているが、早坂は……。まあ、鏡を見るのが少しも楽しくない体型だった。

それでも、四十三歳としてはごく平均的なスタイルではあった。車？　大分くたびれた国産車である。

「大して違わねえ。――そうさ」

男は男だ。もっとも、妻の恵《めぐみ》は早坂のことを「男」と思っていないようだったが。

――夜中の十二時を少し回っていた。

明日の土曜日は休みだから、今夜は少々遅くなってもいい。

だが、早坂は家を出たくて出て来たわけではない。

恵との言い争いが、物の投げ合いに発展しそうだったので、皿や茶碗が飛んでくる前に家を飛び出して来たのである。

「やれやれ……」

初めて入ったバーだった。薄暗くて、客同士が話をすることもほとんどない。

早坂としては気が楽だった。

カウンターの隅で、

「おい、水割り、もう一杯」

と、注文する。

もうやめた方がいい、と内心の声は忠告していたが、恵がまだきっと起きているだろうと思うと、帰る気になれない。

恵は今三十九歳。子供はいないが、結婚してもう十年たつ。

早坂の家の夫婦喧嘩は近所でも有名なのだ。恵の甲高《かんだか》い声はよく通るのである。

すると――。

カウンターの隣に、女が座った。

カクテルを頼んで、女はさりげなく早坂を見た。目が合って、早坂はあわてて目をそらした。

女がちょっと笑うと、

「私の顔が、そんなに気に入らない？」

と言った。

「え？　いや……。とんでもない。そんなわけじゃ……」

モゴモゴと言いわけしていると、

「いいの。冗談よ」

と女は言った。
三十四、五というところか。黒いスーツに身を包んで、横顔は青白く、みごとに整っていた。
カクテルを一気に飲み干すと、

「もう一杯」

と、注文しておいて、早坂の方を向くと、

「お一人？」

と訊《き》いた。

「まあね……」

昨日の映画でも、女が「お一人？」と訊いたぞ！　早坂の胸はときめいた。

もっとも、映画の中では、英語だったが……。

「でも、こんな時間に」

と、女は言った。

「結婚してるんでしょ？」

女の目が、早坂の左手のくすり指のリングを見ていた。

「一応ね」

と、早坂は苦笑して、

「女房と大喧嘩して出て来たのさ」

「まあ……」

女は笑って、

「でも喧嘩する相手がいるって、すてきなことじゃない」

「そうかね」

「そうよ。私なんか一人で、鏡の中の自分と喧嘩するしかないわ」

「恋人は？　美人だもの、いないわけないよな」

「そう見える？　まあ——自分でもそこそこの外見だと思ってるわ。でも、言い寄ってくる男はろくなのがいない」

「そいつは気の毒だね」

と、早坂はグラスを空けて、

「ここにも一人、ろくでもないのがいるよ」

「あら、そんなことないわ」

と、ちょっと目を見開いて、

「合格点よ、私の目には」

「本当？　お世辞言っても、何も出ないよ。僕は平凡なサラリーマンだ。大した金も持ってない」

「お金なんて、どうでもいいのよ」

と、女はぐっと早坂のほうへ寄って来た。

「そう……かい？」

「そうよ。少なくとも私はね」

確かに、女の全体の雰囲気、着ている物、持っているバッグ、ネックレス……。どれをとっても、早坂などとても手の届かない高級品だろうと思えた。

きっと金のあり余ってる女なんだ。

「――ね、出ない？」

と、女は言った。

「出る？　出て……どうする？」

「あなた次第よ」

女の口もとの笑みは、誤解しようもなく、早坂を誘っていた。

——こんなこと、本当にあるのか？

やめておけ、と早坂の中でささやく声があった。しかし、今の早坂はそんな声に耳を貸そうとはしなかった……。


寝返りを打つと、危うくベッドから落ちそうになって、早坂は目を覚ました。

「ああ……。びっくりした！」

と、体を起こして、戸惑《とまど》った。

ここ……どこだ？

見たことのない部屋だった。

どこかのホテルらしい。

「そうか……」

思い出した。あの女とバーを出て、もう一軒回ってから……。

いい加減酔っていたが、このホテルへ入って、早坂はあの女を相手に、充分に頑張った！

汗だくになり、シャワーを浴びた――ところまでは憶えているが、その後はどうしたのか……。

「え？　――おい、こんな……」

気が付くと、毛布の下で、早坂は裸で寝ていたのだった。

「やれやれ……」

張り切り過ぎて、ベッドへ戻るなり眠ってしまったらしい。

しかし、こんな経験、初めてだな。まるで映画の中のような……。

「――今、何時だ？」

分厚いカーテンの隅からは、白く光が覗《のぞ》いていた。

ベッドを出ると、テーブルの上のケータイを手にする。――まずい！

もう昼の十二時になろうとしていた。

帰らなくちゃ！　あわてて服を着る。

女はとっくにいなくなっているようだった。

ホテル代、どうなってるんだ？

恐る恐る部屋を出て、フロントへと下りて行き、カードキーを渡すと、

「お支払いは済んでおります」

と言われてホッとする。

さて、後は恵にどう言いわけするか、だが……。


「ただいま」

できるだけ、普通の調子で声をかけた。

玄関を上がって、

「おい、いるか？」

と、居間を覗いた。

コーヒーカップが、半分飲みかけで置かれている。

どこにいるんだろう？　——早坂は、「会社の同僚とバッタリ会って、飲み明かしたあげく、そいつのアパートに泊まってしまった」という言いわけを考えていた。

たぶん——と言うより、おそらく九九パーセント、信じてもらえないだろうが、ともかく、「知らない女と泊まって来た」と言うよりはましだ。それで押し通そう。

「おい、恵……。寝てるのか？」

急な階段を二階へ上がって、寝室のドアが閉まっているのを見た。起きていればドアは開いている。

ふてくされて寝てるのか……。

「おい。——恵、起きろよ」

そっとドアを開ける。カーテンが引かれて、中は暗かった。

明かりのスイッチを入れるより、カーテンを開けた方が早い。シュッとカーテンを開けると、ベッドの方を振り向いて、

「もう昼過ぎだぜ――」

恵はもう起きない。パジャマ姿の恵の首に、細い紐《ひも》が巻きついて、深く食い込んでいたのだ。

フラフラと寝室を出ると、どういうわけか警官が階段を上がって来たところだった。

「あ、お巡りさん」

と、早坂はホッとして、

「今、一一〇番しようと思ってたんです。女房が――妻の恵が死んでるみたいなんですよ。――どうして、そんな怖い目で見るんです？　僕は恵の亭主で……。ちょっと！　乱暴しないで下さい！　どうして手錠なんかかけるんですか？　やめて下さい！　僕は何も……何も……」

✤こぼれたコーヒー

コーヒーを注ぐ手が、宙をさまよっていた。

当然、コーヒーはカップの外の受け皿へと注がれていた。

受け皿には、そんなにコーヒーはためておけない。当然、受け皿から溢《あふ》れたコーヒーは、テーブルへ。そして、テーブルから客のズボンへと落ちて行ったのである。

「おい！　何してるんだ！」

そのズボンの主《あるじ》は怒鳴った。

コーヒーを注いでいた女性はハッとして、

「すみません！　つい、うっかりして――」

「うっかりですむと思ってるのか！　ズボンにこんなにコーヒーがかかったじゃないか！」

「すみません。——すみません！」

と、女性はくり返し謝るばかりだった。

「謝ってすむと思ってるのか！　店はどこだ。お前をクビにした上で、弁償させてやる」

「あの……許して下さい。どうか……」

「いや、許さん！　全く、何て奴だ！」

頭から湯気を立てそうな勢いで怒っているのは、ここ〈クロロック商会〉に商談に来ていた会社の社長だった。

あまり立派とは言えない応接室で、その社長の相手をしていたのは、もちろんこの社長のフォン・クロロックである。

コーヒーを注いでいたのは、この近くの喫茶店〈R〉のウエイトレスで、〈クロロック商会〉での会議や商談の席に、いつもコーヒーを運んで来ていた。

「まあ、本山《もとやま》さん」

と、クロロックはなだめるように、

「誰しも間違いはあります」

「しかし、これはひど過ぎる！　こんな女を雇っておくなど店の恥だ！」

本山という小太りな社長はカッカしていて、おさまらない。

「ですが、まあ、本山さん」

と、クロロックは言った。

「私の目を見てごらんなさい」

「目を？」

「そう。人は互いに許し合うことが大切だ。そうではありませんかな？」

本山はちょっと目をパチクリさせて、

「――いや、全くその通り！　君、怒鳴って悪かったね」

「は？」

「別に火傷《やけど》したわけでなし、クリーニングに出せば、どうということはない。まあ、気にしないでくれたまえ」

本山の変わりように、ウエイトレスは呆気《あっけ》に取られていた。クロロックは、

「こぼれたコーヒーを拭《ふ》いて、新しくいれ直したのを持って来なさい。そして、本山さんの服のクリーニング代を、後で払うようにすることだ」

「はい！　ありがとうございました！」

ウエイトレスは深々と頭を下げた。

――フォン・クロロックは、元祖（？）吸血鬼の一族。催眠術をかける能力があるので、本山はクロロックの目を見て、コロッと変わってしまったのだ……。

――一時間ほどして、本山は帰って行き、器をさげに来たウエイトレスが、

「ありがとうございました」

と、クロロックにくり返し礼を言った。

「いやいや」

と、クロロックは微笑んで、

「何かよほどのことがあったのだね？　君があんなにボーッとしているのは初めて見た」

「はい……。それが……」

「話してごらん。どうしても、とは言わないが」

「はい……。私、竜見《たつみ》しのぶといいます」

と、ウエイトレスは向かいのソファに腰をおろすと、

「今、小学校六年生になる娘がいます。あのお店のウエイトレスの他に、コンビニとスナックで働いて、やっと食べているんです」

「ご主人は？」

「いなくなってしまいました。五年前、リストラされて失業したら、がっくり来たらしく、『ちょっと出てくる』と言って出かけたきり、帰りませんでした……」

「そいつは大変だな」

「でも、娘と二人、生きていかなきゃなりません。そこへショックなことが……」

「というと？」

「私の旧姓は早坂《はやさか》といいます。兄の早坂浩次《こうじ》は、先週、奥さんを殺した容疑で捕まったんです」

「ほう。ＴＶのニュースで見たような気がするが……」

「兄はやっていません！　奥さんの恵《めぐみ》さんと年中大喧嘩していたのは事実ですが、殺すなんて……。でも、私には兄を救うことなどできません」

「ふむ……。他に犯人がいるということになるな」

「兄は、バーで知り合った女性とホテルに泊まってるんです。次の朝まで眠っていたので、その女の人が見付かれば、兄への疑いは晴れるのですけど……」

その女性は先にホテルを出ていた。警察は、早坂が夜中に家に帰って、妻を殺し、またホテルへ戻ったとみているのだ。

「思い出した。その女性に、名のり出てほしいと呼びかけていたな」

「ええ。でも、今のところ何の反応もなくて……。このままでは、兄が恵さんを殺したことにされてしまいます」

竜見しのぶは涙を拭《ぬぐ》って、

「でも、私は毎日三時間ほどの睡眠で働き続けないと、智子《ともこ》を食べさせていけません。特にこの春から智子は中学生です。色々お金もかかります。兄を何とか助けてやりたいと思うのですが、とてもそんな余裕は……」

深々とため息をつくと、

「――すみません。私のグチを聞いていただいて、ありがとうございました」

と、立ち上がった。

「まあ、元気を出しなさい。その内、いいこともある」

「はい。クロロックさんとお会いしていると、何だか希望が持てそうな気がします」

竜見しのぶは、店に戻って行った。

「――お父さん」

と、応接室に顔を出したのは、娘の神代《かみしろ》エリカ。

「おお、聞いとったのか」

「気の毒にね。早坂って人の話が本当なら、その女性が見付かればいいわけね」

「しかし、名前も何も分からんのではな」

と、クロロックは首を振って、

「何か……まだ起こりそうな気がするな」

と呟《つぶや》くように言った。

✠ 遊びの果て

いい加減うんざりしていた。

「私、あんたが好きよ！」

と、しがみついて来る姿も、一度二度なら可愛いが、こう何度もくり返されると……。

しかも、その後には必ず、

「ねえ、あのネックレス、買って」

とかいうセリフが続くのだ。

こいつも、他の女の子と同じだ。俺に惚《ほ》れてなんかいない。俺の金に惚れているだけだ……。

工藤隆《くどうたかし》はそう思った。しかし、正しくは工藤隆の金ではない。

隆の父親、国会議員の工藤啓介《けいすけ》の金である。

もっとも、隆は、

「親父の金は俺の金」

と思っていたのだが。

隆は車を停めた。

「どうしたの？」

と、安田《やすだ》ユキが言った。

酔っ払って、舌が回らなくなっている。

「ちょっと風に吹かれたくてさ」

と、隆は言った。

「――そう？　そうね。私も酔ったせいか、顔がほてってるわ」

隆は車を降りた。――クラブを出て、静かな住宅地に来ていた。

「私……喉《のど》がかわいた」

と、ユキがフラフラと歩きながら言った。

「そこにコンビニがあるぜ」

ポカッと、そこだけが明るい。

「本当だ。私、何か飲むもの、買ってくる」

「ああ、酒はよせよ」

「もう飲めないわよ！　でも――缶ビールくらいなら大丈夫かな？」

と言って笑うと、ユキはコンビニへと入って行った。

「全く……」

ユキにも飽きたな。二十歳《はたち》だっていうのに、計算高いところは、もうしたたかな女だ。

隆は欠伸《あくび》をした。

ふと、思い付いた。――このまま、行ってしまおう。

ユキを放って行ってやる。さぞ怒ったり泣いたりするだろう。

想像すると面白い。

「よし……」

隆は車に戻ると、エンジンをかけ、車を出した。

ユキの奴、戻って来て車が見えなくなっていたら、どうするか。――隆は笑った。

ケータイも車に置いて行ってる。

「ざま見ろ」

人に甘えるのもほどほどにするもんだ。

すると――。

不意に後ろの座席から女の顔が現れたのだ。

「何がおかしいの?」

と言われて、隆は仰天《ぎょうてん》して車を停めた。

「——誰だ、あんた？」

と振り向く。

「誰だっていいでしょ」

美しい女だった。ユキのようなわがまま娘ではなく、「大人の女」だ。

「どうやってこの車に……」

「そんなこと、気にしないで」

女は、妖《あや》しげな微笑を浮かべて、

「今、こうして二人でいる、ってことが大切よ。違う？」

「そう……だね」

隆は背筋が一瞬ゾクッとするのを感じた。

何てふしぎな女なんだろう！

そして、何て魅力的な女なんだ……。

「後ろの座席に来ない？」

と、女は言った……。

フッと目を覚まして、

「――あれ？」

と、工藤隆は言った。

車の中。それも、運転席に座っている。

おかしいな……。

もう、明るくなっていた。車は人通りの少ない道の端に停まっている。

「夢だったのか？」

そんな馬鹿な！　この車に、見知らぬ女がいつの間にか乗り込んでいて、後ろの座席へ移って、思い切り愛し合った……。

あれが夢だったっていうのか？

呆然《ぼうぜん》としていると、誰かがフロントガラスから中を覗《のぞ》いていた。

「ああ……。警官だ」

自転車に乗った警官が窓ガラスをトントンと叩いた。

「どうも……」

隆は窓ガラスを下ろして、

「車を停めたまま眠っちまってね」

と言った。

「困りますね。この辺は駐車禁止ですよ」

と、警官が言った。

「すぐ動かすよ。僕は、国会議員の工藤啓介の息子だ。あんまりやかましいことを言うなよ」

「何です？　誰の息子でも——」

と言ったきり、警官は大きく目を見開いて、自転車を投げ出すようにすると、

「車を降りて！」

と怒鳴った。

「何だって？」

「早く車を降りろ！」

「おい、そんな態度を取ると、後悔するぞ。僕の親父は――」

警官は、後部座席を見ていた。

「何だって言うんだ？」

隆は後部座席を振り返った。

安田ユキが、倒れていた。服が引き裂かれ、胸は血に染まって、目を見開いている。

死んでいる。――しかし、なぜ？

「車を降りろ！」

警官はいつの間にか拳銃を構えていた。銃口が自分へ向いていることに気付いて、隆はゾッとした。

こいつ、俺がユキを殺したと思ってる！

冗談じゃない！　捕まってたまるか！

隆は何も考えず、車のエンジンをかけると、アクセルを踏んだ。

「停まれ！」

という声。

そして、銃声がした。

何だか、深い霧《きり》の中を漂っているかのようだった。

どうしたんだ、俺は？

工藤隆は、病院のベッドに寝ていた。

痛み止めの点滴で、ぼんやりしていたのである。

そうか。——撃たれたんだ。

あの警官に。まさか弾丸が当たるなんて！

弾丸は、隆の肩に当たった。

命に別状ないが、それでも重傷だった。といって、文句は言えないことも分かっている。

逃げようとしたのがいけない。どうして、あのとき、素直に言われる通りにしなかったのだろう……。

そのとき、誰かがベッドの傍《そば》に立った。

「誰？　――看護師さん？」

と、かすれた声を出す。

「そうではない」

薄明かりの中、マントを着た妙な男が立っていた。――むろん、クロロックである。

「痛むかね？」

「ああ……。撃たれたんだぜ。痛いに決まってるよ」

と、隆は言った。

「自業自得とも言えるがな」

「分かってるよ……。でも、親父に言えば、あのお巡《まわ》りはクビにしてやれる……」

「ちっとは反省しろ。お前が殺人犯と決まったら、父親も議員を辞《や》めるだろう」

「俺じゃない。本当だ……」

「話を聞きたい。見知らぬ女がいた、と言っているそうだな」

「ああ……。誰も信じてくれないけど、本当なんだ」

「話してみろ」

「ああ……」

隆は、安田ユキをコンビニに置き去りにしたことから、何もかも話した。

「——どうしてユキが車の中にいたのか……。誰に殺されたのか。それに、あの女は誰だったのか……」

「なるほど」

と、クロロックは肯《うなず》いた。

「信じちゃくれないだろうが、本当なんだ」

と、隆は言った。

「いや、信じる。――女の子を置き去りにするとはひどい仕打ちだが、本当のことだろう」

「ありがとう。信じてくれるのか」

「その謎の女の顔を憶えておるか?」

「車の中で、しかも狭い座席で抱き合ってたからな……。美人だったよ。三十……いくつかな」

「分かった。まあ、痛いのは我慢するのだな」

と言うと、クロロックは素早く姿を消した。

「――何だ、今の?」

と、隆は呟《つぶや》いた。

そして、痛み止めのせいで、またウトウトと寝入ってしまったのだ……。

✤ 感謝の涙

「クロロックさん」

出社したクロロックを待っていたのは、あの「コーヒーをこぼしたウエイトレス」、竜見《たつみ》しのぶだった。

「おお、来ていたか」

と、クロロックは言った。

「秘書に言ってあったが、話は通じたかね？」

「はい！　本当に何とお礼を申し上げていいか……」

しのぶは涙ぐんでいた。

「なに、私も一応社長だ。社員を一人雇うくらい、どうということはない」

しのぶの境遇に同情して、クロロックは庶務の仕事に、しのぶを雇ったのだ。

「おかげさまで、娘と二人で夕食も取れます。娘の卒業式にも出られます……」

と、しのぶは涙を拭《ぬぐ》って、

「私、一生懸命働きます！」

「まあ、のんびりな」

クロロックは、しのぶの肩を叩いた。

社長の椅子に座ると、

「なかなかやるね」

いつの間にやら、エリカが立っていた。

「人件費が増えると、にらまれるかな」

社長とはいえ、「雇われ社長」の身。クロロックも辛《つら》いところである。

「工藤隆《くどうたかし》のこと……」

「その〈謎の女〉は、早坂《はやさか》を誘った女と似ている。おそらく、同じ女だろう」

「でも、どういうつながりが?」

「そこはお前が調べてくれ。私は忙しい」

「もう……。面倒なこと、私に押し付けて」

と、エリカは文句を言って、

「ね、ちゃんとバイト代払ってね」

「社会奉仕だ。バイトではない」

「ケチ」

と、エリカは言ってやった。

オフィスでは、竜見しのぶが張り切って仕事を始めていた……。

エリカは、ホテルのロビーに出て来たダブルのスーツの大柄な男を目にとめた。

「あれだな……」

国会議員、工藤啓介《けいすけ》である。

「先生！」

秘書らしい男が追いかけてくる。

「俺は用がある。お前は先にオフィスへ帰っていろ」

「ですが、先生……」

「言われた通りにしろ」

と、工藤は言った。

「はあ……」

秘書は渋々言われる通りに立ち去った。

工藤啓介は、ちょっと左右を気にするように見てから、ホテルを出て行く。

「行くか……」

これも「社会奉仕」（?）だ。――エリカは工藤の後を尾《つ》けて行った。

そこは、国会議員とはおよそ縁のなさそうな、古びたアパートだった。

工藤はタクシーを降りると、メモを見直しながら、そのアパートの住所を確かめているようだった。

人が住んでいるのか、と思うような、暗い廊下を進んで行くと、一番奥の部屋のドアの下から明かりが洩《も》れている。

工藤は一つ息をついてから、ドアを叩いた。

中から、女の声が、

「開いています」

と言った。

ドアを開けて入ると――。

どう見ても空き部屋だろう。空っぽの部屋に裸電球が一つ点《つ》いている。

椅子にかけた女が、脚を組んで、工藤を見ていた。

「お前か」

と、工藤は女に言った。

「私を呼び出したのは」

「だから、ここへいらしたんでしょ?」

と、女は小馬鹿にしたような口調で、

「お偉い議員先生ですものね。こんなボロアパートへ来るなんて、よほどのことでなきゃね」

「お前がこのメモを寄こしたからだ」

と、工藤は手にしたメモを見せて、

「息子の無実を明らかにする証拠を持っている、とあったからな」

「父親ですね、やはり」

と、女は言った。

「証拠とは何だ? 隆はあの安田《やすだ》ユキという娘を殺してはおらんと言っている」

「そうですね。でも、ドライブ途中で彼女を置き去りにするって、相当ひどいことですよ」

「どうせ遊び慣れた女だ」

と、工藤は肩をすくめた。

「でも、命は命。その尊さには変わりありません」

「説教はやめてくれ。息子の無実の証拠を本当に持っているのなら、言い値で買おう。どうなんだ」

女はしばらくじっと工藤を見ていたが、

「相変わらずね」

と、ゆっくり立ち上がって、

「お金で何でも買えると思ってる。人の心までね」

「待て。――お前は誰だ？」

と、工藤はいぶかしげに、

「どこかで会ったことがあるような気がするが……」

「夢の中で会ったことがあるかもしれないわね」

と、女は微笑んで、

「それとも悪夢の中で」

女の手に小さなスプレー缶があった。工藤の顔に向かってシューッと白い霧《きり》が噴きつけられると、

「何をする！」

と、工藤はあわてて顔をそむけたが、一瞬それを吸い込んでいた。

「やめてくれ……」

ヨロヨロとよろけて、工藤はバタッと倒れた。――気を失ってしまったのだ。

女はスプレーを噴きつけると同時に、左手でハンカチを自分の鼻と口に押し当てていた。そして工藤が倒れると、素早く部屋の一番奥まで駆けて行った。

しばらく女は待っていたが、やがてスプレーの霧が薄れたと見ると、工藤へと歩み寄って、靴先でちょっとつついた。

「しばらく目は覚めないわね」

と呟《つぶや》くと、手袋をはめ、バッグからナイフを取り出して、工藤の右手にギュッと握らせた。

「これで、ナイフにもドアのノブにも、あなたの指紋が残るわ」

と言うと、女は部屋の押し入れの戸を開けた。

中から、手足を縛られた女がゴロンと転がり出た。

「こんな男の愛人になったのが、あんたの不運ね」

と、女は言って、縛られて気を失っている女を仰向けにし、ナイフを構えた。

そして、ナイフの刃が女の胸に――。そのとき、

「待って！」

と、エリカが玄関のドアを開けて叫んだ。

「誰？」

女がハッとして、エリカを見る。

「やめなさい！」

と、エリカは叫んで、部屋へ駆け込むと、縛られた女を素早く引きずって、ナイフを手にした女から離した。

「邪魔したわね！」

と、女は悔しげに言って、部屋から飛び出して行った。


「一体何があったんだ……」

工藤はまだフラフラするらしく、床に座り込んでいた。

「危ないところだったな」

と、クロロックは言った。

エリカの知らせを受けて、やって来ていたのである。

「この女も、じき、目を覚ますだろう」

床に寝ているのは、縛られていた女で、むろん今は縄はとかれていたが、まだ意識は戻っていない。

「知っている女だな?」

と、クロロックは訊《き》いた。

「ああ……」

工藤は肯《うなず》いて、

「さとみだ。――加沼《かぬま》さとみといって……その……」

「あんたの愛人というわけか」

工藤は渋い表情で、

「議員というのは、色々神経を使って大変なんだ。こういう息抜きの相手でもおらんと……」

「そのせいで、この娘は殺されるところだったぞ」

「この人を刺し殺して、あなたがやったと思わせようとしたんですよ」

と、エリカが言った。

「どうしてだ！　そんなに人に恨まれる覚えはない！」

「そうかな？　むしろ、とっくに忘れている相手だからこそ恨まれているのかもしれん」

「誤解だ！　何か人違いだろう」

そのとき、さとみという女性が目を覚ました。起き上がると、キョトンとして、

「ここ……どこ？」

「どこでもいい」

工藤は立ち上がると、

「さとみ、行くぞ。こんな所に用はない」

と、玄関から出て行ってしまう。

「ちょっと！　待ってよ！　啓介ちゃん、置いてかないで！」

加沼さとみは、まだフラフラしながら、工藤を追いかけて行った。

「――警察に届けないつもりだね」

と、エリカは言った。

「おそらく、犯人の女に心当たりがあるのだろう」

「でも、表沙汰にしたくないってとこ？」

「たぶんな。――しかし、奴の息子も殺人の疑いをかけられている。放ってはおけんだろうよ」

「じゃあ……どうするの？」

「なに、工藤が動くさ」

と、クロロックは言った。

✤手違い

五時のチャイムが鳴って、竜見《たつみ》しのぶは机の上を片付けると、

「お先に失礼します」

と、周りの席へ声をかけた。

「お疲れさま」

しのぶは、いそいそと立って、ロッカーで着替えると、エレベーターホールへ。

「あ、社長さん」

クロロックがエレベーターの前に立っていたのだ。

「お帰りですか?」

「もちろんだ。社員の誰よりも早く帰る。そうしないと、みんな帰りにくかろう」

「すてきな会社ですね」

と、しのぶは笑った。

「どうだな、仕事は？」

「はい……。幸せ過ぎて、夢のようです」

と、しのぶは言ったが、

「私一人が……。いえ、娘の智子《ともこ》もですが、こんなに幸せな思いをしていいのかしら、と思って……」

「兄さんのことだな？」

「はい。兄のために何かしてやれないかと思うのですが、今はまだ、とてもそこまでの余裕は……」

「焦《あせ》らぬことだ。今に、事態が変わるかもしれん」

しのぶはクロロックを見て、

「それは……」

と言いかけたとき、エレベーターは一階に着いた。

「ママ！」

ロビーにいた女の子が手を振った。

「まあ、智子ちゃん！」

しのぶが目を丸くして、

「どうしたの、こんな所に？」

「母親の働いている所を、一応見せておきたくてな」

と、クロロックがニヤリと笑って、

「娘のエリカが案内して来たのだ」

「まあ……。ありがとうございます！」

「ママ、一緒に帰ろう」

智子がしのぶと手をつないで、

「智子、もう一人でも来られるよ！」

と、胸を張った。

「そうね。もうじき中学生になるんだものね」

しのぶは涙ぐんで、娘の手をしっかり握ると、

「ママがいつもお昼を食べるおそば屋さんがあるの。二人で食べて帰りましょうか」

「うん！」

元気そのものの声が答えた……。

母娘《おやこ》が手をつないでビルを出て行くのを、クロロックとエリカは見送っていたが
……。

クロロックはロビーの奥に立っていた男へ向いて、

「何かご用かな、国会議員殿？」

と言った。

「いや……」

工藤啓介《くどうけいすけ》は、ちょっと目を伏せて、

「いい光景だと思って見ていた」

「さよう。母と子。——親子はいつもああありたいものだな」

と、クロロックは言って、

「私に話がおありか?」

「先日のこと、礼も言わずに失礼したので」

と、工藤は言った。

「何か礼をしたい。お望みはあるかな?」

「品物はいらん。本当のことを話してくれれば、それでいい」

「本当のこと……」

「あの加沼《かぬま》さとみという娘を殺そうとした女のこと、何か心当たりがあるのだろう」

工藤は傍《かたわ》らへ目を向けて、

「心当たりといっても……」

「昔知っていた誰かと似ている。違うかな？」

「なぜ分かる？」

「それぐらい、特別な能力がなくとも見当がつく。あんたの妻は地元の有力者の娘で、金持ちだ。あんたは妻の実家の金がなければ議員でいられん」

「まあ……確かに」

と、工藤は肯《うなず》いた。

「そのかげで、あんたが捨てた女がいた。そうだろう？」

「ああ。──あの女は、その昔の女とそっくりだった……」

「年令からいえば──」

「娘だと？　そうかもしれん。しかし、私に殺人の罪をなすりつけようとするとは、娘のすることでは……」

「あんたが捨てた女の消息は？　何か知っているのではないか？」

「何度も調べさせようと思った。しかし、女房はそういうことに敏感でな。何年かして当たってみたときは、どこへ行ったか分からなくなっていた」

「そしてあの女が現れたのだ」

「彼女の娘か……。俺には分からん」

「昔の彼女は何という名前だったのかね？」

と、クロロックは訊《き》いた。

「丹羽《にわ》といった。丹羽和美《かずみ》……」


その男は、不安げな様子で夜の公園の中へと入って来た。

左右を見回しながら、公園の遊歩道を辿って来る。そして、街灯の明かりが届かないベンチに気付かずに通り過ぎようとすると——。

「ここよ」

と、女の声がした。

男はギクリとして足を止めると、

「びっくりさせないでくれよ……」

と、ベンチの方へ歩み寄る。

「約束の時間を二十分も過ぎてるわよ」

と、女は厳しい口調で言った。

「待ってくれよ。あんただって、もう連絡しないって約束だったじゃないか」

「事態が変わったのよ」

「そんなこと、俺は知らないよ」

「そうは言わせないわよ」

と、女は凄《すご》みのある声で、

「あんたがやった殺人を、早坂《はやさか》の犯行に見えるようにしてあげたのは私よ」

「そりゃ分かってる」

男は渋々ベンチに腰をおろすと、

「恵《めぐみ》を殺したよ、確かに。でも、落ちついてみると、あんなこと、しなきゃ良かったって、悔やんでるんだ」

「何よ、今さら」

「それに……大体、あんたが俺の酔っ払ってるところへつけ込んで、恵を殺させたんじゃないか」

「殺したっていう事実は消えないわよ」

「しかし……」

「じゃ、自首して出る?」

「刑務所はごめんだ」

「勝手を言わないで。好きなことをするには、ちゃんと支払わなくちゃいけないのよ」

男はしばらくふてくされていたが、

「——俺にどうしろって言うんだ?」

「私の方の目標をやり損《そこ》なったのよ。工藤に罪を着せるのはもう難しい。でも、このままじゃ気がすまないわ」

「どうしろって言うんだ？」

「あの女を殺して」

「何だって？」

「加沼さとみ。工藤啓介の恋人よ。彼女を殺して」

「おい……。冗談じゃない！　俺にとっちゃ、縁もゆかりもない女だぜ。どうして俺が殺さなきゃならないんだ？」

「やらなきゃならないからよ」

と、女は言った。

男は何か言い返しそうにしたが、女の冷ややかな視線に出会って、口をつぐんでしまった。

しばらく沈黙があった。

口を開いたのは男の方だった。

「その女は、どこにいるんだ?」


やっと向こうが出た。

「もしもし! 啓介ちゃん?」

と、加沼さとみは言った。

すると、まるで無表情な声で、

「先生は今、お出になれません」

工藤の秘書の男だ。

「お願い! ちょっとでいいんだから……」

「今は重要な会議中ですので」

と、相手にしてくれない。

「でも――お願いよ! 啓介ちゃん、約束してくれたんだもの。誰か私を守ってくれる人をよこすって」

「私は存じません」

「本当に約束してくれたのよ！　でも、まだ誰も来てくれてないの。私、殺されるところだったのよ。聞いてるでしょ。啓介ちゃんから」

「いえ、一向に」

「もう……。ともかく、このマンション、中古で、あんまりしっかりしてないのよ。誰かが忍び込んで来て、私を――」

「お気を付けて」

と言って切ってしまった。

「ひどい！」

さとみは腹を立てていたが、切れてしまったケータイにいくら怒ってみても仕方ない。

もう一度、戸締まりを見て、寝ようかと思っていると――。

チャイムが鳴って、さとみは飛び上がるほどびっくりした。

「――はい、どなた?」

こわごわ出ると、

「警備会社から参りました。工藤様のご依頼で」

と、男の声。

良かった! やっぱり手配してくれてたんだ。

「ちょっと待って下さい。あの――」

「一応、室内を点検させていただきます。その上で、表で徹夜で見張っていますから」

「はい、分かりました!」

ホッとした気持ちが大きかった。急いで玄関へ行って、ドアを開けると、

「悪いけどね」

と、目の前の男が言った。

「君を殺すよ」

「え？」

男の手にナイフが――。

さとみは逃げる気にもなれなかった。そして――。


足音が近付いて来て、車の傍《そば》で止まった。

「済んだの？」

運転席の女が訊いた。

「何もかもな」

女がハッとする。

立っていたのは工藤だった。

「お前は俺の娘か」

と、工藤は言った。

女は息をつくと、

「しくじったのね」

と言った。

「そうよ、丹羽希美《のぞみ》。あんたの娘」

「和美はどうした？」

「お母さんは病気で苦しんだあげく、死んだわ。私は十六歳だった」

「そうか……」

「お母さんは死ぬまで、あんたを恨まないでくれって言ってた。——だから私はとことんあんたを恨んだわ」

「分かる。——申し訳なかった」

と、工藤は頭を下げて、

「しかし、息子に罪はない。あいつは人殺しのできる奴じゃない」

「できるわよ！」

と、丹羽希美は言い返した。

「誰だってできるわ。ただ、そうしたくなるほどひどい目にあったかどうか、の違いよ」

パトカーがやって来て停まった。

「あの男は捕まったよ」

「千葉《ちば》っていうのよ。早坂恵の恋人だったけど、振られて恨んでた。――私、それを利用したの」

「もう終わりよ」

と言ったのはエリカだった。

「また、あんたね。――私の邪魔をして！」

「工藤さんを恨む気持ちは分かるけど、安田《やすだ》ユキだって、加沼さとみだって、生命《いのち》の大切さは同じよ」

「説教は沢山」

と、希美は言って、車のエンジンをかけた。

「逃げてもむだだ！」

と、工藤は言った。

「逃げないわ。このまま死んでやる！」

希美はアクセルを踏んだが――。

「どうしたの！」

車は進まなかった。

「罪を償《つぐな》うのだ」

と、クロロックが外に立って、ドアを開けた。

「車が……」

「走りたくないと言っとる」

希美はがっくりと力を失って、

「私の負けね……」

と呟いた。

「兄が釈放されました」

と、竜見しのぶがクロロックの席の前に来て、

「ありがとうございました」

と、頭を下げた。

「まあ、良かったな」

「兄も、恵さんがいるのに、浮気なんかして……。恵さんも気の毒でした」

丹羽希美は、別に早坂に恨みがあったわけでも何でもなかった。ただ、千葉という男が早坂恵に振られて、やけ酒に酔っているのに行き会って、巧《たく》みに殺人へと誘ったのだ。

それがうまく行ったので、本来の目的である工藤への復讐に取りかかったのである。

「工藤議員は、あの娘が罪を償って出てくるのを待っている、と言っていたよ」

と、クロロックは言った。

「親子ですね。私は智子に恨まれないようにしなきゃ」

「その心配はあるまい」

と、クロロックは立ち上がって、

「さあ、昼休みだ。ビルの一階で、エリカが智子ちゃんと一緒に待っとる」

「でも――まだ五分ありますわ、十二時まで」

すると、オフィスに昼休みのチャイムが鳴った。

「あら……」

「時計を進ませるのも社長の仕事の内だ」

そう言って、クロロックはウインクしてみせた……。

吸血鬼選考会

✠ 飲み物

咳払《せきばら》いする人が二、三人続けて出た。

神代《かみしろ》エリカは、

「ね、みどり」

と、友人の橋口《はしぐち》みどりに声をかけた。

「うん?」

半ばウトウトしかけていたみどりは、顔を上げて、

「どうかした?」

「みんな、喉《のど》が渇《かわ》いてるみたい。何か冷たいものをご用意したら?」

「ああ、そうだね。——何がいい？」

「ウーロン茶が冷蔵庫に入ってたと思うわ」

「じゃあ……」

みどりは大欠伸《おおあくび》しながら、給湯室へ入って行った。

棚からグラスを七つ出すと、冷蔵庫の中の大きいペットボトルを取り出して、グラスへ注いだ。

「——今、持ってっても大丈夫？」

と、みどりはエリカに訊《き》いた。

「うん、ちょうどひと通り見終わったところだよ」

「それじゃ……」

盆に七つのグラスをのせ、エリカが扉を開けたので、みどりは〈選考会〉の会場へと入って行った。

「やあ、こりゃありがたい」

と、頭のすっかり禿《は》げ上がった男が言った。

七人の一番端に座っているのは、我らがフォン・クロロックである。

――ここはある企業の倉庫で、今は臨時にしつらえたステージを使って、ある〈選考会〉が開かれていた。


「いやいや、こうして座っているだけでも、喉が渇くものですな」

「全く！　少しこの中が暑いんじゃないかな？」

と、男たちが笑い合っている。

エリカの父、フォン・クロロックは、話に加わることなく、腕組みして、むつかしい顔をしている。

何しろ今日はクロロックの最も嫌いな〈水着美女〉を選ぶ会だったのである。

「――今どき、発想がオッサンだね」

と、エリカは言った。

もちろん、〈選考委員〉の席には聞こえないように、である。

クロロックが引っ張り出されて来たおかげで、エリカとみどりは「当日の世話係」という結構なアルバイトにありついたのだった。

クロロックが社長をつとめる〈クロロック商会〉を始め、輸入水着を扱ういくつかの商社が集まって、共通のポスターを作り、ネットに写真を流そうというので、まあマスコミに取り上げられるほどの注目度はないが、それでも全国のデパートやファッションビルの水着売り場にポスターやパネルが飾られるとあって、数十人のモデルが集まっていた。

〈水着美女〉なので、みんな何種類もの水着で次々に舞台に現れる。

ズラッと並んだ七人の「おじさん」たちは、「選ぶ」のを忘れて、ひたすら「見とれて」いた……。

クロロックにしたところで、若々しい水着の女の子たちを眺めて、楽しくないわけではない。ただ——こういうところでニヤニヤしていると、帰宅してからふしぎと妻の涼子《りようこ》に「何かあった」と見抜かれてしまう。

やきもちやきの涼子が怖いので、クロロックは無理してしかめ面《つら》をしている、というわけである。

フォン・クロロックは数百年の時を生きて来た、「本物の吸血鬼」。神代エリカは、そのクロロックと日本人女性の間に生まれた娘である。

エリカの母は亡くなり、クロロックは、何とエリカより一つ年下の涼子と再婚した。二人の間には一子《いつし》虎ノ介《とらのすけ》が生まれ、吸血鬼は今や「マイホームパパ」と化していた……。

「――じゃ、ここでちょっとひと息入れて、続きは休憩の後ということにしようじゃありませんか」

と言ったのは、この企画を立ち上げた幹事でもある、〈M商事〉のオーナー社長、室田《むろ》忠也《たちゆうや》。三代目で、育ちがいいせいか、六十とは思えない若々しさ。

「女の子たちも少し休ませないとね」

と、七人の中では一番太った男が言った。

クロロックが、みどりの配ったウーロン茶のグラスを手に取って口をつけたが

——。

「まず喉を潤《うるお》して……」

と、太った男——〈Kカンパニー〉の北谷《きたや》弘《ひろし》社長——がグラスを取り上げた。

そして、飲もうとして、

「ワッ！」

と、グラスを放り出した。

グラスが砕ける。——みんながびっくりしていると、

「熱い！　どうしてこんな熱いのを持って来るんだ！」

と、北谷が怒鳴った。

「え？　冷たいの、持って行ったのに」

と、みどりが目を丸くしている。

「本当だ。私のも熱い」

「ああ、とてもグラスが持てないな」

みんなグラスの中のウーロン茶が熱くなっていたのだ。

エリカは、

「すみません！　手違いだったようです」

と、声をかけて、

「ちょうど午後一時ですし、お昼をどこかこの近くで召し上がっては？」

「そうするか」

「出た所にあるそば屋はなかなかいけます」

社長たちが伸びをしながら、倉庫から出て行く。

クロロックが残った。

「変だなあ……」

と、みどりはしきりに首をかしげている。

「お父さん——」

エリカがクロロックに声をかけて、

「やったの、お父さんでしょ？」

「ああ」

クロロックは肯《うなず》いて、

「一口飲んで、妙な味がした。何か分からんが、薬が入っていると思った。それで、他の面々に飲ませないようにしようと……」

クロロックが、自分の「力」を送って、他の人たちのグラスの中のウーロン茶を沸騰《ふっとう》させたのである。

「——何が入ってるのかしら？」

「毒ではないようだがな」

「調べてもらった方がいいかしら」

「そうだな。しかし、いきなり警察へ持ち込んでも……。とりあえず、ハンカチにでもそのウーロン茶をしみ込ませておいてはどうだ」

「そうか。いいこと言うね。さすがは年の功！」

「親をからかうな」

そこへ、

「あの……皆さん、どちらへ？」

と、声がした。

パンツスーツの女性がステージに出て来て、〈選考委員〉が一人しかいないのを見て、目を丸くしている。

「や、失礼」

と、クロロックが立ち上がって、

「みんな、昼食に出ようということになってな。モデルの女性たちもくたびれただろう。休憩させてくれ」

「分かりました。――いえ、私も、お昼をどうしようかと思っていたのですが……」

〈プランナー〉という仕事の、彼女の名は桜井淳子《さくらいじゅんこ》。この〈水着美人〉の実行を任《まか》されている。

「桜井さん、すみませんでした。何も言わないで」

と、エリカが言って、

「モデルの皆さん、お昼を軽く召し上がりますか？」

「そうですね。もちろん、まだ後があるので軽食でも……」

「じゃ、クロロック社長がお昼代を出すと言っていますので」

クロロックがびっくりして、

「おい、エリカ――」

「社長でしょ！　それぐらいしてあげなさいよ！」

「うむ……。後で涼子に説明してくれよ」

クロロックはいささか情けない顔で、札入れを出すと、一万円札を何枚か抜いて、桜井淳子に渡した。

「まあ、すみません！　早速、手配します。みんな喜ぶと思いますわ」

と、お金を受け取って、急いでステージの裏手へ入って行く。

「——追加のこづかいをもらわんと」

と、クロロックがため息をついた。

「でも、室田さんがちゃんとそういうことも考えてくれないとね」

と、エリカは言った。

「うむ。後の六人からも金を集めるか」

「よしなよ。ちっとはいいとこ見せないと」

娘に言われて、クロロックとしても立場がなかった……。

✠ モデル

「はい！　飲み物とサンドイッチ！　みんな取って食べてね」

と、桜井淳子《さくらいじゆんこ》が言った。

「嬉しい！　お腹《なか》ペコペコ！」

と、一斉に声を上げて、サンドイッチを山積みにしたテーブルへとモデルたちが集まった。

「ほどほどにね！　後があるのよ！」

と、桜井淳子が言ったのは、ほとんど誰も聞いていなかった……。

「――お昼なんか出ないのかと思ってた」

と、フルーツサンドをつまみながら言ったのは、ヨーロッパの血の入ったモデルのリタである。

「そうね。これはフォン・クロロックさんのおごりよ」

と、淳子が言った。

「ああ、あの――ドラキュラみたいなマントの?」

と、他のモデルが笑って、

「またよく似合うのよね、あの格好が」

「クロロックさんの? ――そう」

リタは少し考え込んでいる風だったが、紙パックのミルクティーを飲みながら、

「ね、桜井さん」

「え?」

「あのクロロックさんって、どういう人なの?」

「どういう人って……。〈クロロック商会〉の社長、としか知らないわ」

「ずっと日本にいるのかしら」

「さあ……。でも社長といっても『雇われ社長』ですって。本人がそうおっしゃってたわ」

「じゃ、ヨーロッパの人ね、やっぱり」

「たぶんそうでしょ。見るからに、エレガントじゃない」

と、淳子は言ったが、若いモデルたちに「エレガント」という言葉は、あまりピンと来ない様子だった。

リタは、サンドイッチを二、三切れ食べると、立ち上がって控室を出た。そして、ステージの脇《わき》へ行って覗《のぞ》き見た。

クロロックと橋口《はしぐち》みどりは昼を食べに行き、エリカが一人、「誰もいなくなったらまずいでしょ」と言って、残っていた。

「あの……」

と、リタはステージへ出て行って、

「ごめんなさい。ちょっと、いい?」

「ええ。モデルのリタさんですね」

「まあ、私の名前をどうして——」

「何度か今日のステージで見てますもの。とても目立ってますよ」

「ありがとう」

リタははおったガウンの前をギュッと合わせて、

「そんな風に言われたことない。嬉しいわ」

と言うと、ステージから下りた。

「あなたはアルバイト?」

「ええ、そうです」

と、エリカが肯《うなず》く。

「今日、一番端に座ってる——クロロックさんって、いるでしょ? マントをはおってる」

「ええ、知ってます」

「あの方……どこの出身か、聞いてる？」

「さあ……。どうしてですか？」

「いえ、何となく……。私の母の日本語の感じと、しゃべり方のニュアンスが似ているような気がして」

「お母様は――」

「母はもう亡くなったんだけど、ルーマニアのトランシルヴァニア地方の出身だったの」

　と、リタは言った。

「そうですか。お父様は日本の方？」

「ええ。でも――今は事情があって、家にはいないの」

　エリカは、何か言いたくない理由があるのだと察した。

「じゃ、クロロックさんが戻ったら、直接訊《き》いてみて下さい」

と、エリカは言った。

クロロックがトランシルヴァニアから出て来たのは、色々複雑ないきさつあってのことだ。

あまり人に話さない方が、と思っているのである。

すると、そこへ、

「何を訊くって?」

と、声がして、当のクロロックが戻って来た。

「お父さん、早いね」

「お前の友達みたいに大食いではないからな」

「みどりが嘆《なげ》くわよ、そんなこと言ったら」

リタは目を丸くしていたが、

「クロロックさんのお嬢さんだったのね!」

「ええ、まあ……」

と、エリカはとぼけて、

「お父さん。このリタさんが、お父さんに何か訊きたいことがあるって」

「ほう、何かな？」

リタの母親がトランシルヴァニアの出身と聞くと、クロロックは嬉しそうに、

「それはそれは！」

と言った。

「私も若いころ、一時いたことがある。君はトランシルヴァニアには？」

「残念ですけど、行ったことないんです」

と、リタは首を振って、

「でも、私、まだ十九ですし、将来きっと行ってみようと思っています」

「ぜひ行きなさい。きっとお母さんのことを身近に感じられるだろう」

「はい！」

「お母さんの名は何といったのかね？」

「母はマリアといいました。マリア・アキテーヌという名だったそうです」

エリカは、父の表情が一瞬変わったのに気付いたが、クロロックはすぐ笑顔に戻って、

「美しい名だ。さぞ由緒《ゆいしょ》正しい名家の出身でおられたのだろう」

「どうなんでしょうか。母はあまり自分のことを話さなかったので……」

「お父上は?」

「父は久保《くぼ》徹也《てつや》といって、商社マンです。商談でルーマニアに行ったとき、母と知り合ったと言っていました」

そこへ、桜井淳子がやって来て、

「リタ、どうしたの?」

「いえ、何でもないわ」

他のモデルの子も、何人かステージへ出て来て、伸びをしている。

何しろ臨時の会場なので、使いにくいのだろう。

「あ、クロロックさん、ごちそうさまでした！」

「いやいや」

「そのマント、すてきですね！　触ってもいい？」

「いいとも。かじらんでいてくれればな」

いつも虎ノ介《とらのすけ》にマントをかじられているクロロック、ついそんなことを言ってしまった……。


「では、結果を発表します」

と、室田《むろた》がメモを手に言った。

ステージにズラッと並んだ水着姿のモデルたちは、さすがに壮観だった。エリカすらそう思ったのだから、選考した「おじさん」たちにとっては拝《おが》みたくなる光景だったろう。

「今回の〈水着美女〉は、〈ナンバー21〉の、ひとみさん！」

拍手が起こる。確かに、〈ひとみ〉というモデル、目立つ娘だった。

「そして、もう一人」

と、室田が続けて、

「ひとみさんと共演してもらうことにしたいと、大変多くの意見を集めた、〈リタ〉さん！」

リタが頬を紅潮《こうちょう》させて、進み出る。

エリカは、クロロックが満足げに拍手を送っているのを見て、

「お母さんにばれないようにしなきゃ……」

と呟《つぶや》いた。

✱ 告白

「あなた」

と、涼子《りょうこ》がクロロックにコーヒーを注ぎながら、

「何か、若い女の子と仲良くなったんじゃない?」

言われてギクリとしたら、ばれているところだが、ちょうどそのタイミングで、
虎《とら》ちゃんが、

「ワァ!」

と、声を上げてスプーンを放り投げてくれたので、クロロックは急いで拾いに行き、

「だめじゃないか。これは投げるものじゃないんだ」

と言ってから、涼子の方へ、

「──何か言ったか？」

「いえ、いいの」

と、涼子は首を振って、

「ただ、昨日帰って来てから、いやにご機嫌がいいんで……」

一緒に朝食をとっていたエリカは、内心「鋭い！」とびっくりしていた。

「そりゃ、お前、可愛い女房の顔を見ていれば、機嫌も良くなる」

とは、クロロックも大したものである。

「そう？　私もそのせいかな、と思ってたのよ」

どっちもどっちだ……。

エリカも大学へ行くので、クロロックと一緒にマンションを出た。

すると、

「クロロックさん！　ちょうど良かった！」

と、目の前で停《と》まった車から降りたのは、昨日の〈選考会〉で、熱いお茶を放り出した、でっぷり太った北谷《きたや》社長。

「どうかしましたかな？」

と、クロロックが訊《き》くと、

「相談したいことが。お宅の社も近い。一緒に行きましょう」

運転手付きの車に乗せてもらって、ついでにエリカも便乗して、駅まで行ってもらうことにしたのだが、

「——実はゆうべ遅くに、室田《むろた》さんから電話がありましてな」

と、車の中で、北谷は言った。

「ほう？」

「昨日の会での、〈リタ〉という子の入選を取り消したいと」

「それはまたどうして？」

「誰かから聞いたらしいんですな。リタの父親が刑務所に入っているということを」

「久保《くぼ》……とかいいましたかな」

「そうそう。そんな名でした。奥さんを殺したというので、捕まったらしいですよ」

クロロックとエリカは顔を見合わせた。

「――しかし、私は親が何をしようと、子供に罪はないし、入選を取り消すというのはどうかと思うんですが」

と、北谷が言うと、クロロックはしっかり肯《うなず》いて、

「おっしゃる通りです。親の罪のせいで子供を差別するなど、あってはならんことです」

「そう思いますか？　ありがたい！　これから室田さんの所へ行って、そう言ってやりましょう」

「いや、ご立派です！　あなたの公正なお考えは見上げたものですぞ」

と、クロロックに言われて、北谷は少し照れたように、

「いや、私が『見上げた』のは、あのリタという子の可愛いお尻で。あんな子を落とすとはけしからん」

と、北谷は大真面目《おおまじめ》に言った……。


クロロックと北谷について、エリカも室田が社長をつとめる〈M商事〉に行くことになった。

室田は会議中だったが、そこは社長で、適当に切り上げて、

「やあ、お待たせして」

と、応接室へ入って来た。

「室田さん。北谷さんから聞きましたが、〈水着美人〉のリタという子の入選を取り消したいとおっしゃっているとか」

と、クロロックが口を開いた。

「そのことですか。いや、私も迷ったんですがね」

「父親のしたことに、リタ君は関係ないでしょう」

「それはそうです。ただ――他の社長で、父親のことに気付いた人がおりましてね。ポスターをこしらえた後で、抗議などが来たらどうするのか、と言われると……」

事なかれ、ってやつね、とエリカは思った。

「しかし、もし何か言って来る者があったら、『私どもは親と子は別の人間であると考えています』と言ってやればいいのですよ」

と、クロロックが言って、じっと室田を見つめる。

室田は一瞬ふらつくような様子になって、

「――全くですな！　おっしゃる通り！」

と、コロッと変わった。

言うまでもなく、クロロックの催眠術にかかっているのだが、見ていた北谷は面食らっている。

「それで、このことはリタ君にも連絡が行っているのですか？」

「ええ……。今朝早く、メールで取り消しの件を伝えました」

エリカは立ち上がって、

「私、リタさんの所に行ってみる」

と言った。

あの〈選考会〉のとき、お互いアドレスなどを交換していた。

エリカは北谷の車を借りることにして、リタが住んでいるというアパートへと向かった。


「ここ?」

エリカは車を降りて、思わずそう呟《つぶや》いた。

あのモダンでスタイルのいいリタのイメージからは想像できなかった。古ぼけたアパートだったのだ。

しかし――考えてみれば、母親は亡くなり、しかも父親が殺したという状況で、娘のリタがそう不自由のない暮らしができるわけがない。

アパートの二階、〈202〉がリタの部屋ということだった。

玄関のブザーを鳴らしたが、返事がない。ドアをノックしてみた。

「――リタさん。――クロロックの娘のエリカです」

と、呼びかけてみたが、応答はなかった。

出かけているのだろうか？

どうしたものか、迷っていると、隣のドアが開いて、

「リタちゃんに用？」

と、髪を赤く染めた中年の女性が寝衣《ねまき》姿で出て来た。

「留守ですか？」

と、エリカが訊くと、その女性は首をかしげて、

「変ね。ついさっきまで物音してたわよ」

と言った。

「出かける音は聞かなかったけど……。そのドア、凄《すご》くきしむの。開け閉めするとき、キーキー言ってね。すぐ分かるのよ」

「じゃ、中に……」

不安になった。考え過ぎかもしれないが、万が一ということがある。

エリカも、父親ほどではないが、人間以上の「力」を持っている。

ドアのノブをつかんで、エイッと「力」を送ると、安物のロックは音をたてて外れた。

ドアを開けて、

「リタさん？　——いますか？」

中へ入って、見回す。いない。しかし何か音がしている。——何の音だ？

「水だ」

水の流れる音。

エリカは玄関のすぐ脇《わき》のドアを開けた。

狭いバスとトイレ。シャワーカーテンが閉まっているが、その向こうで、水がバスタブから溢《あふ》れて流れている。

急いでシャワーカーテンを開けて、エリカは息を呑んだ。

バスタブに、リタが立て膝《ひざ》を抱《かか》え込んだ格好で沈んでいた。水は赤く染まっている。

手首を切った！

エリカはバスタブの中へ身を躍《おど》らせると、リタの裸の体を抱え上げた。

浴室を出ると、玄関で呆気《あっけ》に取られて立っている女性に、

「救急車を呼んで下さい！　急いで！」

と叫んだ。

「分かったわ」

すぐ状況を察したらしい。

あわてて自分の部屋へ戻って行く。

エリカは、リタの胸に耳を当てた。――まだ生きてる！

「リタさん！　頑張って！」

と、エリカは呼びかけた。


「ごめんなさいね……」

と、リタがベッドで言った。

「謝ることないですよ」

と、エリカは微笑んで、

「早く見付けられて良かったわ。それに、お隣の人のおかげもあって」

「ああ……。あの人、ホステスさんなんですよ。苦労してる人なのね。私の父が刑務所に入ってるって聞いても、何とも思わなかったみたい」

「室田さんが、あなたにお詫《わ》びしたいって。ちゃんとポスターに起用してくれるそうですよ」

「でも……迷惑かけないかしら」

「そんな心配は無用だ」

　クロロックが病室に入って来た。

「クロロックさん……」

「せいぜい食べて、血を増やすことだ」

「でも、一緒に体重も増えそうです」

　と、リタは笑顔になって言った。

「私……父のことを知られて、もうモデルとしてやっていけないと絶望してしまって……」

「大丈夫。君は若いのだ！　将来がある。いいね」

「はい」

　と、リタはしっかり肯いた。

✤面会

「久保《くぼ》ですが……。私にどういうご用で……」

刑務所の面会室に現れたのは、すっかり髪の白くなった男性だった。

当惑《とうわく》しているのも当然だろう。マントをまとった外国人が面会に来たのだから。

「どこかでお会いしたことが?」

「いや、私はフォン・クロロック。あんたの娘のリタさんの知り合いだ」

リタの名を聞いて、久保の目に一瞬輝きが戻った。

「リタの……。あの子は元気ですか」

と、久保は訊《き》いた。

「ああ。モデルとして活躍しておる。とても美しく、スタイルのいい子だ」

「リタ……。私のことが、キャリアの妨《さまた》げにならなければいいのですが」

「心配するな。あの子は、そんなことでめげる子ではない」

「それなら……安心ですが」

クロロックは、〈水着美女〉のポスターにリタが出ることを説明した。

「そうですか！　どうかあの子をよろしく」

と、久保は頭を下げた。

「このクロロックに任《まか》せなさい」

と、胸を張って、

「ところで、あんたに訊きたいことがあってな」

「何でしょうか？」

「あんたは奥さんを殺したというので有罪になったそうだが……」

クロロックの話を聞いて、立ち会っていた看守が、

「待ちなさい。そういう話を受刑者とするのは――」

と、クロロックの方へやって来たが……。

「必要な話なのでな。受刑者といえども、人間としての権利がある。違うかな?」

看守は目をパチクリさせて、

「全くその通り!　どうぞ一時間でも二時間でもお話し下さい!」

と、一礼した。

久保が啞然《あぜん》としている。

「奥さんはマリア・アキテーヌといったのか?」

「はあ。〈アキテーヌ〉は、名前というより、妻の相続していた領地の名です。〈アキテーヌのマリア〉ということでしょうか」

「やはりそうか」

と、クロロックは肯《うなず》いて、

「マリアさんはトランシルヴァニアの出身とか?」

「ええ。私が仕事でルーマニアに行ったとき、出会いました」

「そして、あんたと一緒に日本へやって来た。アキテーヌの土地はどうなったのだ？」

「誰か代理人を置いて、管理させていたようです。もっとも、私もそういう点に詳しくありませんので、よく知らないのですが」

「そのマリアさんをなぜ殺したことになっているのだ？」

「私は殺していません。裁判でもそう訴えたのですが、聞いてもらえず」

と、言葉に力をこめた。

「新聞記事を見たが、死体は見付からなかったとか」

「そうなんです」

「それなのになぜ有罪になったのかね？」

「私にもわけが分からないのです」

と、久保はため息をついて、

「マリアとはうまく行っていました。——ただ、向こうでは名家の令嬢というので、わがままに育っていて、日本に来てからも、ときどきカッとなって怒り出すことはありました。でも、リタのことは可愛がっていたし、夫婦喧嘩も、いわばレクリエーションのようなもので……。知人たちの間でも、『マリアはときどき爆発する』と知られていました」

「それで?」

「二年前です。マリアが親しい奥さんに夜中、突然電話して、『夫に殺される!』と叫んだそうなのです」

「ほう」

「それだけ言って、電話が切れてしまい、びっくりしたその奥さんは一一〇番して……」

「では警察がお宅に?」

「ええ。私もリタも眠っていたのを叩き起こされて仰天《ぎようてん》しました。マリアは少し前から、よく眠れないと言って、寝室を別にしていたのですが、そこに姿がなく、シーツやカーペットに血が……」

「マリアさんの血だったのかね？」

「分かりません」

「調べなかったのか？」

「何しろ、マリアが電話で『夫に殺される』と言った相手が、ある国会議員の妻だったのです。それで、警察は初めから私を殺人犯と決めつけて……」

「それはひどい」

「死体もなく、凶器も見付からないのに、私は殺人罪で有罪に……。私の方が呆気《あっけ》に取られてしまいました」

「心当たりはあるのかね？　マリアさんを殺すような人間に」

「いえ、さっぱり……」

と、久保は首を振って、

「マリアはときどきルーマニアにいたころの知り合いと連絡を取っていたようですが、私は本社勤務になって、ヨーロッパへ行くこともなくなったので、マリアの知り合いについては全く分かりません」

「そうか」

クロロックは少し考えていたが、

「希望を持つことだ」

と、久保に言った。

「もしかすると力になれるかもしれん」

「本当ですか！」

久保の声が震えた。

「いいの、お父さん？」

と、エリカはクロロックの話を聞いて、

「そんな、久保さんに希望持たせるようなこと言って。大丈夫なの？」

「まあ、やってみることだ」

と、クロロックはいやに呑気《のんき》である。

「やるって、何を？」

「うむ……」

クロロックは少し考えて、

「ここは、やはり昔ながらの古いやり方でいくしかないな」

と言った。

オフィスにいたクロロックは、秘書を呼んで、

「君、新聞に広告を出してくれ」

秘書の女性は目を丸くして、

「新聞広告ですか？　うちの社が？」

「そうじゃない。尋《たず》ね人とか、よく三行広告というのを出すだろう」

「は？」

「お父さん、無理だよ」

と、エリカが苦笑して、

「今の若い人に三行広告なんて言ったって」

「お前だって若いじゃないか」

「でも、父親が年寄りだからね」

「言いにくいことを言う奴だ」

と、クロロックはため息をついて、

「もういい。自分で手配する」

と、秘書をさがらせた。

「お父さん、そんなもので何をするの？」

「大したことではない」

と、クロロックは肩をすくめて、

「幽霊を呼び出すのさ」

✤撮影

スタジオは活気に充《み》ちていた。

「OK！　次に行こう」

カメラマンはこの道三十年のベテランである。

「はい！　次はヘアスタイルも変えるのよ」

と、桜井淳子《さくらいじゅんこ》が指示していた。

「はい！」

モデルのひとみとリタは、もう十着以上の水着を取っかえひっかえ着て写真を撮っていた。

「いい眺めだ」

と、ご満悦《まんえつ》なのは北谷《きたや》である。

「母さんにゃ見せられんな」

と、クロロックはエリカに言った。

「話題になるね」

エリカは肯《うなず》いて、スタジオの中を見回した。

エリカは、どうして父がこんなに広いスタジオを借りたのか、朝ここへ来たときはふしぎだったのだが、狙《ねら》いは報道陣を呼ぶことだったと分かった。

ひとみとリタを売り出す目的もあるだろうが、クロロックにはそれ以外の狙いがあることを、エリカは察していた。

「よく見てろよ」

と、クロロックが念を押す。

「分かってる」

——リタが、新しい水着でやって来た。

「クロロックさん、どう?」

と、目を輝かせている。

「すばらしい!」

「本当? 嬉しいな」

リタは、今にもクロロックに抱きつかんばかり。——確かに、涼子《りようこ》には見せられない、とエリカは思った。

クロロックがどう手配したのか、ちょっとびっくりするほど大勢の報道陣がやって来ていた。そしてカメラはもちろん、二人のモデルに向く。

「これでポスターができれば話題になるだろう」

と、クロロックが言った。

「お待たせ!」

と、ひとみが華やかなビキニの水着でやって来る。

「よし！　今度はリタちゃんが寝そべって！　ひとみちゃん、ビーチボールを持ってね」

カメラマンの注文が飛ぶ。助手が駆けて行っては、ポーズや小道具を直し、次々にシャッターが切られた。

エリカは少しスタジオの隅のほうへ寄って、報道陣のいる辺りを見ていた。

すると——金髪の外国人の男性が立っているのが目に入った。

背広にネクタイという、ビジネスマン風の四十前後かと思える男だ。顔立ちからは、ドイツ人のようだが。

むろん、こういうレンタルのスタジオには色んな人間が出入りする。ただ——その男はエリカと同様、スタジオの隅の方に、人目につかないようにする様子で、周囲を見回していた。

「お父さん」

と、エリカが小声で言った。

クロロックの耳は鋭い。ちゃんと聞こえているのが分かった。

「金髪の男が……」

「うむ」

クロロックが、撮影の光景を見物しているという風に、ゆっくりと歩き出した。

「——はい！　いいよ！　いい笑顔だ、二人とも！」

カメラマンの声が響く。

エリカは、報道陣のかげに隠れるようにして、そっとリタたちの方を覗《のぞ》いている女性に気が付いた。

地味なスーツ姿だ。髪は黒いが、外国人らしく見える。

金髪の男が、その女に気付いた。壁に沿って、ゆっくりと移動し、女の方へと近づいて行く。女はリタたちに気を取られて、男には全く気付いていなかった。

「お父さん——」

と、エリカが言いかけたとき、クロロックがパッと振り向いて、その男の方へ真っ直ぐ手を伸ばした。

「ワッ！」

と、声を上げて、男が弾《はじ》き飛ばされた。

女が振り向いて、ハッと息を呑む。

エリカは駆けて行って、

「隠れて！」

と、女の手を取った。

しかし、スタジオの空間の中では隠れる所がない。

金髪の男は、何があったのか、わけが分からない様子だったが、急いで起き上がった。エリカは男が上着の下から拳銃を取り出すのを見て「大変だ！」と思った。

こんな所で発砲したら、誰が巻き添えを食うか分からない。

みんな、ひとみとリタの撮影の方に気を取られていて、この出来事に全く気付いていない。

そのとき――クロロックのマントが一瞬、ひるがえったと思うと、クロロックがアッという間に男へと駆け寄り、男を頭からマントで包み込んでしまった。

バン、と短い銃声がしたが、誰も気付かない。

クロロックはマントを外した。――男は脇腹を押さえて、うずくまっている。

クロロックは男の手から拳銃を取り上げると、

「床を撃って、はね返った弾丸が自分に当たったのだ」

と言って、

「大した傷ではあるまい。エリカ。このスタジオの人に頼んで、救急車を呼んでもらえ」

「分かった」

と、エリカは肯《うなず》いた。

クロロックが、呆然《ぼうぜん》として立っている女性に向かって会釈《えしやく》すると、

「フォン・クロロックと申します。〈アキテーヌのマリア〉さんですな」

と言った。

「お母さん！」

リタは、撮影が終わって控室に戻ると、クロロックと一緒にいる女性を見て、啞《あ》然《ぜん》とした。

「生きてたの？」

「リタ……。ごめんなさい」

「それより……お父さんが……」

「今、クロロックさんから聞いてびっくりしたの。何も知らなかったのよ」

「でも……良かった！」

リタはマリアとしっかり抱き合った。

「ルーマニアに戻っていたものだから」

と、マリアは言った。

「でも……どうして？」

「彼女がアキテーヌの土地の管理を任《まか》せていた男が、勝手に土地を担保《たんぽ》に大金を借り、結局、土地を失ってしまったのだ」

と、クロロックは言った。

「私は何も知らなくてね。昔からそこで農場をやっていた住人が知らせて来たけど、その人は殺されてしまったのよ」

「その管理人だった男は、罪を知られるのを恐れて日本へやって来た。マリアさんを殺すためにな」

「私は、危うく殺されかけたのを、何とか逃れたけど、夫やリタに危害が及ばないようにと思って、姿を消すことにしたの。そして、アキテーヌの土地を取り戻せないか、調べようと思ってルーマニアへ行った。でも、彼は私を追って来て……。しばらく身を隠したりしている内、日がたってしまったわ……」

と、マリアは言った。

「でも、リタのことは向こうから調べていたわ。モデルとして、このポスターに出るという記事を読んで、たまらなくなって帰って来たの」

「じゃあ……お父さんは釈放されるね」

「当然だ」

と、クロロックは肯いた。

「向こうで見てたニュースには、お父さんが逮捕されたという話は出なかったのよ」

と、マリアがため息をついて、

「どう謝ったらいいかしら……」

「大丈夫だよ！」

と、リタは母の手を握って、

「お父さん、お母さんが生きてたってだけで喜ぶよ」

と言ってから、

「でも、お母さん、あの血は……」

「寝室の血は、あの男に雇われたヤクザが私を殺しに来たときのもの。用心してた私は、枕の下にナイフを置いていたので、そいつをけがさせて追い払ったの。でも、またいつ襲ってくるかもしれないと思って、急いで夜中に家を出たのよ」

「電話ぐらいして来ればいいのに！」

「そのつもりだったわ。でも、あわててたものだから、家を出るとき、ケータイを落としちゃって。飛行機に乗り込んでから気が付いてね。考えてみたら、家の電話番号も忘れてしまってたのよ」

「呑気《のんき》なんだから、もう！」

リタの嘆《なげ》きに、クロロックは笑って、

「〈アキテーヌのマリア〉さんといえば、代々お姫様のようなものだ。ちょっと浮世離れしているのも仕方ないだろうな」

「だけど……。お母さん、お友達に電話して、『夫に殺される』って言ったんじゃないの?」

「ああ、たまたま、その人の電話番号が憶えやすかったのでね。でも、かけたとたんに、飛行機の搭乗案内があって、あわてて切ってしまったの」

「でも……」

「今、クロロックさんからお聞きして、心底びっくりしたの。私、『夫に殺される』と言ったわけじゃない。あの管理人だったドイツ人の名前が『オ、、、ットー』だったの。『オットーに殺される』と言ったのよ」

リタは、あまりのことに、笑っていいのか怒っていいのか、分からなかった……。


「うん! いい出来だ」

クロロックは出来上がったポスターを眺めて言った。

ほとんど実物大のポスター。ひとみとリタのまぶしいような水着姿が目をひく。

「話題になるね、きっと」

と、エリカは言った。

「もう、いくつもモデルの話が来ているそうだぞ」

と、クロロックは言った。

もちろん、リタの父、久保《くぼ》は釈放され、仕事に戻っていた。

結局失った土地は戻らなかったが、マリアは、「却《かえ》ってサッパリしていいわ」と、涼しい顔をしていたようだ。

「いかがですか？」

クロロックのオフィスに、プランナーの桜井淳子がやって来ていた。

「申し分ないな」

「良かった！　みんな、クロロックさんのおかげですわ」

「いやいや、私など……」

クロロックが珍しく謙遜《けんそん》している。

「リタちゃんも、とても喜んでいるので」

と、桜井淳子は得意げに、

「このポスター、クロロックさんのご自宅へ百枚、お送りしておきました」

クロロックとエリカは顔を見合わせて、

「どうする?」

と、同時に言ったのだった……。

吸血鬼と伝説の名舞台

✠拍手

「お母さん！」

「みっちゃん！」

母と子がひしと抱き合う。

少し離れて、その二人を見守っていた人たちも涙を拭《ぬぐ》った。

そして――静かに幕が下りた。

劇場内に拍手が湧き上がった。義理の拍手ではなく、本当に感動しての拍手である。

その違いは、拍手の持つ勢いで分かる。

「うむ。なかなかいい芝居だった」

拍手しながら言ったのは、フォン・クロロック。隣の席に座った、娘の神代《かみしろ》エリカも拍手していた。

「本当。良かったね」

と、エリカも肯《うなず》いた。

幕が上がり、出演者が一列に並んでいた。

もちろん、中央に母と子の役の二人。それを挟んで、他の役者たちが並ぶ。

カーテンコールは三回くり返された。

そして最後は主役の二人だけが舞台に出て来て、一礼した。

拍手がおさまり、みんなが席を立ち始めた。

「出口が混む。少し待って行こう」

と、クロロックが言った。

「そうだね。お父さんのマントをどこかに引っかけて破るといけないし」

と、エリカはからかい半分で言った。

クロロックは、映画の吸血鬼ドラキュラのようなマントをはおっている。――まあ、本物の吸血鬼でもあるのだが。

いや、「鬼」と言ってはクロロックが可哀そうだ。東ヨーロッパ、トランシルヴァニア出身の、れっきとした吸血族の末裔《まつえい》である。

しかし、今は若い妻、涼子《りょうこ》と、一粒種の虎《とら》ちゃん、こと虎ノ介《とらのすけ》と仲良く暮らす、パパだ。亡くなった日本人の前妻との娘がエリカである。今、大学生。

今日は、お芝居のチケットを大学の友人に売りつけられ、珍しく父と二人、劇場へやって来ていた。

「エリカ。カーテンコールで一番端に立っていた女優を見たか」

と、クロロックが言った。

「お手伝いさん役の人でしょ？　見てた。上手だったたね」

「うん、あの女優は素質がある。チャンスさえ巡って来れば、花開くかもしれんぞ」

〈お手伝い〉という、名前もついていない役だったが、エリカもその女優に目をとめていた。

コーヒーカップを片付けたり、テーブルを拭《ふ》いたりする動作がいかにも自然で、「お芝居をしている」とは思えなかった。

何という名なのかも知らなかったが、エリカはその女優のことを記憶にとどめていた。

その女優は、入江照子《いりえてるこ》といった。

「――お疲れさまです」

先輩の役者たちが引き上げて行くのを見送ってから、自分は「その他大勢」の楽屋へ入る。

「照子、真っ直ぐ帰るの？」

と、〈劇団S〉の同期の女優、東靖代《あずまやすよ》が声をかけて来た。

「うん、買い物しないと、アパートで飢えてなきゃいけない」

今日はお芝居の最終日——千秋楽《せんしゅうらく》である。

主役クラスの人、演出家などのスタッフはこの近くで「打ち上げ」をやるのだ。

しかし、入江照子も東靖代も、そんな席に顔を出すほどの存在ではない。

メイクを落とし、帰り仕度をしながら、

「次の演目、出られそう?」

と、靖代が訊《き》く。

「さあ……。だって、演目も決まってないんでしょ?」

「何だか……噂《うわさ》だと、例のあれをやるらしいって」

「何よ、『例のあれ』って?」

と、照子は言った。

「『あれ』といえば『あれ』よ。決まってるじゃない」

「本当に靖代は——」

と言いかけて、

「それって、まさか、本村《もとむら》さんの……」

「もちろんよ」

「へえ……。この前、もう最後にするっておっしゃってたけど」

「さすがにね。――今、七十五だっけ、本村さん？　やっぱり十代、二十代あたりは無理があるわ」

「しっ！　聞こえるよ」

二人が楽屋を出たところで、

「おい照子」

と、呼び止められた。

劇団の幹部のベテラン役者、真木有助《まきゆうすけ》である。

「はい！」

「ちょっと用がある。事務所へ来てくれ」

「はい……。今、ですか？」

「もちろんだ」

「はい。――じゃ、靖代」

「うん、またね」

同じ劇団にいても、次の芝居で共演するとは限らない。もし一緒になるとしても、次の芝居の稽古《けいこ》に入るまでの二カ月ほどは、みんなめいめいにアルバイトをしている。

照子は、真木について行きながら、少々不安だった。

入江照子は、今三十二歳。〈劇団S〉に入って八年になる。芝居の世界に入ろうと思ったのが遅かったので、今、二十八歳の東靖代より後輩なのである。

もちろん、今日のような小さな役でも、舞台に立てるのは嬉しかった。

どんなに小さな役でも、照子なりに努力はして来た。しかし、「はい、奥様」というセリフ一つだけでは、どう工夫しても、なかなか目には止まらないだろう。

照子が不安だったのは、劇団の幹部から、

「君はもう役者になるのを諦《あきら》めた方がいい」

と、宣告されるのではないかと思ったからだ。

私、何かまずいことやったかしら？　カップをさげるとき、お盆の上でカップが倒れそうになってヒヤリとしたが、それ以外は……。

ともかく、〈劇団Ｓ〉は決して大きな劇団ではないし、チケットにプレミアが付くような人気劇団でもない。見込みのないメンバーを使う余裕はないのだ。

毎年、何人かは、辞《や》めてくれと言われることを、照子は——もちろん劇団の誰もが——知っていた……。

——劇団の事務所は、今日の劇場の裏手にある。事務所といっても、マンションの一室。

「——入れ」

と、真木はドアを開けて促した。

「はい。あの……」

「お前だけだ。俺は先に打ち上げに行ってる」

「はあ……」

面食らって、照子は首をかしげつつ、

「失礼します」

と、中へ入った。

「ああ、照子ちゃん？　入って」

びっくりした。中にいたのは、〈劇団Ｓ〉の代表、本村早紀《さき》だったのだ。

「先生、お呼びですか」

こわごわ訊くと、

「座って。その辺に適当にね」

「失礼します……」

狭い事務所の中、他には誰もいない。――一体何の話だろう？

照子は冷汗《ひやあせ》が出そうだった。

——本村早紀は今、七十五歳。〈劇団S〉だけでなく、日本の演劇界を代表する名女優である。

こうして見ると、ごく小柄な、穏やかな老婦人なのだが、今日のお芝居では四十歳の母親役をみごとに演じていた。

「お疲れさま」

と、本村早紀は微笑んで、

「どうだった、今日は?」

「はい、あの……。ずっと先生のことを見ていました。どうやったら、一歩でも先生に近付けるんだろう、って思いながら」

「まあ。私みたいな、おばあさんの芝居ばっかり見ていちゃだめよ」

と、本村早紀は笑って、

「若い人には若い人なりの良さがあるんだから」

「ええ。でも――先生は、やっぱり私の憧《あこが》れですから」

早紀は机の上の台本を手に取って、

「これ、知ってるわね」

と、照子の前に置いた。

「ええ、もちろん。〈ある女の生涯〉ですよね」

「そう。私が四十年近く、ずっとやって来たお芝居」

照子も何度も見ている。早紀の「代名詞」とも言える芝居だ。

主人公、綿引《わたびき》ゆいの、十代初めの少女時代から、結婚、出産を経《へ》て、太平洋戦争を挟んだ波乱の人生を、主人公七十歳まで演じる。

もともと、本村早紀のために書かれた作品で、当時三十代だった早紀は、みごとに十代の少女から七十歳の老女までをやってのけた。

以来、四十年近く、〈ある女の生涯〉は、早紀だけが演じる役として知られて来た。二年前、七十三歳の早紀は、十代の少女から立派に演じてみせたが、さすがに、

「もう最後にする」

と語っていた。

「これ、上演されるんですか?」

と、照子は訊いた。

「どう思う?」

「すばらしいです! また先生の綿引ゆいが見られるなんて!」

「でも、七十五で、十三、四の女の子はねえ……。あなただって、無理だと思うでしょう?」

訊かれて、照子は困ったが、

「でも……やっぱり、誰もが先生お一人で、あのヒロインを演じられるのを見たがっています」

「そうね……。困ったことに、これをやるとチケットが売れるのね。〈劇団S〉としては、これで稼《かせ》ぎたい」

と、早紀は苦笑して、

「今年の十二月、これをやるわ。でもね、私の後に、綿引ゆいを演じられる人を育てなくちゃならない」

「はあ……」

「十二月公演はダブルキャストにします」

と、早紀は言った。

「そうですか」

「あなたに、綿引ゆいをやってほしいの」

早紀の言葉が、照子の頭に入るのに、しばらくかかった。

「――先生、今、何ておっしゃったんですか？」

「もう一人の綿引ゆいはあなたよ。この台本、持って帰って、セリフ、憶えてちょうだい」

照子は、気を失うかと思った……。

ある女の生涯

✤ 橋の上の女

「苦しい！」

と、橋口《はしぐち》みどりがお腹《なか》を押さえて、

「ちょっと休ませて！」

「みどりったら……。いくら何でも食べ過ぎよ」

と、大月千代子《おおつきちよこ》が苦笑した。

「だって……タダなのに……」

「いくらタダだからって、そんなになるまで食べなくても……」

「せっかくエリカが招《よ》んでくれたのに……。食べなきゃ申し訳ないじゃないの」

「ちょっと」

と、エリカが苦笑して、

「人のせいにしないでよ」

――エリカの父、フォン・クロロックが招待された立食パーティに、「付き添い」として参加した、同じ大学の三人組。

一番食欲の盛んな、橋口みどりが食べ過ぎて苦しいというので、帰り道、バスを使わず、川沿いの道を歩いて来た。

「しょうがないわね。少し休んで行こう」

と、エリカは言った。

すぐ近くに橋が見える。川沿いの遊歩道。並んでいるベンチの一つに三人は腰かけた。

そろそろ十一月になるので、夜風は冷たいのだが、パーティ会場が暑かったので、今は気持ちがいい。

「ああ……。眠くなっちゃう」

と、千代子が伸びをする。

「みどり、大丈夫？　少し休めば、もう一度パーティにだって戻れる」

「もちろん！　少し休めば、もう一度パーティにだって戻れる」

「やめてよ！」

と、エリカと千代子が同時に言った。

そして——エリカは何となく橋の方へ目をやったのだが……。

橋の真ん中辺りに、女性が一人、手すりにもたれて、じっと川面《かわも》を見下ろしている。

何だろう、こんな時間に？

まさか……身投げじゃないよね。

そう思っていると……。

「え？」

その女性が、思い切ったように手すりに両手をかけて体を持ち上げ、次の瞬間には川へと身を躍《おど》らせていたのである。
「嘘！」
エリカは飛び立つように、ベンチから駆け出して、川に向かって思い切り飛んだ
……。

水を吐いて、むせるように咳《せ》き込むと、

「どうして……放っといてくれなかったんですか」

と、その女性は言った。

「仕方ないでしょ。助けちゃったんだから」

と、エリカは言った。

もちろん、身を投げた女性もエリカもずぶ濡れだ。

「エリカ、風邪《かぜ》ひくよ」

と、千代子が言った。

「うん。——ここからだと、私の所が一番近いね」

そこへ、

「何だ、こんな所で」

と、声がした。

「お父さん！　ちょうど良かった」

フォン・クロロックがやって来たのである。

「うん、パーティで、ちょっと食べ過ぎてな」

「みどりみたいなこと言ってる」

「水浴びしとったのか？」

「そうじゃないよ。この人が川に身投げしたのを助けたの。お父さん、この人を抱《かか》えて行って」

「それはいいが……」

「いえ、もう大丈夫です！」

と、その女性は言った。

「川へ飛び込んだりしません。――どうかしていたんです」

「はて……」

クロロックはまじまじとその女性を眺めると、

「あんたは役者さんだろう。確か〈劇団S〉の」

エリカが目をみはって、

「本当だ！　どこかで聞いた声だと思ったわ！」

「どうしたというのかね？　まあいい。ともかく、濡れた体を暖めんと」

クロロックがそう言うと、女性は急にワッと泣き出してしまった……。

「申し訳ありません」

クロロックのマンションで、エリカの服に着替えた女性は、熱いシャワーを浴びたこともあって、元気を取り戻していた。

「入江照子《いりえてるこ》さんというんですね」

と、エリカが言った。

「はい。――〈劇団S〉でも、まだ駆け出しの役者です」

「今、わけは聞いたが……。本村早紀《もとむらさき》の〈ある女の生涯〉は、私も見たことがある。

――あの主人公の綿引《わたびき》ゆいをやるのかね」

「とても無理です！」

と、深々とため息をついて、

「毎日毎日、稽古場《けいこば》で怒鳴られっ放しで……。稽古を始めて、一カ月たつのに、まだ台本の三ページしか進んでいないんです」

「でも……」

と、エリカがびっくりして、

「それで身を投げたんですか？　死のうとして？」

「今思えば、馬鹿げていました」

　と、照子は首を振って、

「どうせ、このままなら私は役を降ろされます。そうすれば、私よりずっと力のある役者が、代わって綿引ゆいを演《や》ってくれるでしょう。私はせいぜいお手伝いか何かで……。でも、稽古場で、毎日ひと言セリフを言う度《たび》に『違う!』と言われ、ちょっと歩くだけで、『そんな歩き方があるか!』と叱《しか》られていたら……。あと何日だ、あと何日だと言われ続けて、もう私、何も考えられなくなってしまったんです」

　話しながら、照子は涙が溢《あふ》れてくるのを止められないようだった。

「そんなにしてまで頑張らなくたって……」

　と、エリカが言うと、

「辛《つら》くて死のうとしたわけじゃないんです」

「じゃ、どうして?」

「申し訳ないからです。こんな新人に、せっかく大役を与えて下さったのに、それに応《こた》えられないのが申し訳なくて……」

「しかし、あんたが死んだら、劇団はもっと困るだろう」

と、クロロックに言われて、

「本当に、おっしゃる通りです」

と、照子は肯《うなず》いた。

「毎日怒鳴られていれば、いずれ本村先生だって、どうにかしなくては、と思われるでしょう」

「でも、本村さんが自分であなたを指名したんでしょ？　もっと責任持って教えてくれなきゃね」

と、エリカが言うと、クロロックがやさしく、

「しかし、あんたは死のうとまで思い詰めた。あの〈ある女の生涯〉のヒロインも、劇中、何度も、いっそ死んだ方が楽だと思うような辛い目にあうのじゃないか？　今日、川へ身を投げようとした、その気持ちを役にこめてみてはどうだ」

クロロックの言葉に、照子はフッと目が覚めたように、

「そう……。本当ですね。死ぬ気でやれば、どんなに辛くたって……」

「誰でも、初めというものがある。そう思ってやり直してごらん」

「——ありがとうございます！」

と、照子は深々と頭を下げた。

「何も食べてないんじゃないの？」

と訊《き》いたのは、クロロックの妻、涼子《りょうこ》だった。

「あ……。はい、実は……」

「食べなくちゃ！　人間、エネルギーを補給しないと、元気は出ないわよ」

——照子は、涼子が冷凍しておいたカレーを、ペロリと平らげて、

「こんなにおいしいカレー、初めてです！」

と、息をついた。

「そりゃあ、私の夫と虎《とら》ちゃんへの愛がこもってるからよ」

と、涼子が言った。

わざとエリカを外している。エリカとしては慣れっこだった。

「あ、ケータイが」

ケータイの鳴るのが聞こえた。

「これ、照子さんが橋の上に放り出したバッグよ。中のケータイだわ」

「すみません!」

照子があわててケータイを取り出すと、

「――はい。――あ、先生。――え? 今からですか――分かりました。すぐ行きます」

照子は通話を切って、

「これから稽古だそうです。ごちそうになって」

「私が送って行こう」

と、クロロックが言った。

「でも、そんな……」

「〈ある女の生涯〉の稽古が見られるなら、貴重な経験だ」

クロロックの言葉に、涼子はちょっと眉をひそめたが、

「そうね。もう遅いし。エリカさんもついて行くといいわ。将来女優になったとき、役に立つわよ」

私、女優になりたいなんて言ったことないわよ！

エリカはそう言いたいのを、何とかこらえた。要は、クロロックを他の女と二人きりにしたくないのだ。

「喜んで一緒に行くわ」

と、エリカは言った。

「誰かの目にとまって、スカウトされるかもしれないしね」

✠ 稽古場

「まあ、川に落ちた？」

と言ったのは、名女優、本村早紀《もとむらさき》だった。

「不注意で申し訳ありません」

と、照子《てるこ》は詫びた。

「考えごとをしながら歩いていて、足を滑らし……」

照子はクロロックとエリカの方を見て、

「この方たちに助けていただいたのです」

「それはどうも」

と、本村早紀は会釈《えしやく》して、

「この子にもしものことがあったら、大変なことになるところでした。ありがとうございます」

「いやいや」

と、クロロックは愛想よく、

「そのおかげで当代きっての名女優にお目にかかれて幸いです」

「恐れ入ります」

本村早紀はそう言って、

「さあ、稽古《けいこ》よ！」

と、稽古場に響き渡る声で言った。

さすがに、七十五歳とは思えない、張りのある声だ。

役者とスタッフたちが一斉に動き出す。

数分後には、照子も浴衣《ゆかた》を着て出て来た。

「じゃ、第二場から」

と、演出家の男性が言った。

家の広間に見立てた床の白い枠の中で、綿引《わたびき》家の家族が談笑している。

そこへ、

「奥様」

と、お手伝い役の女性が、

「さっきの女の子はどういたしましょう」

「ああ、そうだったわね。ここへ連れて来てちょうだい」

おずおずと現れる照子。——十四歳の綿引ゆいである。

もっとも、このときはまだ家出して来た、素性も分からない少女で、〈綿引〉の姓ではない。

「お入り。——名は何というの？」

「ゆい……といいます」

その様子を眺めていた本村早紀の目が光ったように見えた。

劇が進んでいく。早紀が稽古を止めようとしないので、他の役者はちょっと戸惑《とまど》っている様子だった。

「第二場終わり」

と、演出家が言って、

「本村先生……」

「いいわ」

と、早紀は肯《うなず》いて、

「照子ちゃん、それでいいのよ」

照子の頬がサッと赤くなった。

「先生……」

声が震えていた。

「このまま、第三場へ行きましょう」

と、早紀は台本をめくって言った。

「照子、良かったね」

と、東靖代《あずまやすよ》が言った。

「ありがとう」

二人は稽古場を出て、深夜の――というより、明け方の近い道を歩いていた。

「先生も喜んでらしたじゃないの」

と、靖代は言った。

「まだまだよ。でも、何とかやれそうな気がして来た」

あんなに叱《しか》られ、怒鳴られていたのに、今夜の稽古では、ほとんど止められることもなく、順調に演じられた。

そして、照子自身、確かに〈綿引ゆい〉の心に自分の心を重ねて、演じることができたという気がした。

「あのクロ……なんとかさん。面白いわね。吸血鬼ドラキュラみたいな格好して」

「とってもいい人なのよ。娘さんも」

と、照子は言った。

さすがに、川へ飛び込んで助けられたことまでは話さなかったが。

「じゃ、また明日」

と、道の分かれたところで、靖代は言って、

「明日じゃないね。今日の午後だ」

と笑った。

照子は、まだ興奮しているのか、少しも眠くなく、暗い道を歩いて行ったが……。

「――え?」

誰かがついて来る。

確かに、背後に足音が聞こえたのだ。

足を止め、振り返ったが、暗いので何も見えない。

「気のせいかしら……」

首をかしげながら、また歩き出した。

「早く帰って何か食べなきゃ……」

と呟《つぶや》いて、足取りを速めた。

すると――もう一つの足音も速くなってついて来た。

「誰なの？」

と、声をかけたが、返事はない。

気味が悪くなった照子は、広い通りに出るまで、あと少しだったので、力一杯駆け出した。

その足音は、照子にピタリとついて追って来た。必死で走った。

走って、走って……。

大通りに出たとき、照子は息を弾《はず》ませていた。そして振り返ったが、そこには誰もいなかった……。

「すみません、妙なことをお願いして」

と、照子は言った。

「いやいや」

クロロックは機嫌よく、

「めったに見られない稽古を拝見できるだけで、充分に満足」

クロロックとエリカが、稽古場に来ていた。

「部外者に見られては困るのですが……」

と、二人の所へやって来たのは、幹部の真木有助《まきゆうすけ》だった。

しかし、そこへ、

「真木さん、いいのよ」

と、本村早紀が声をかけた。

「ですが、先生――」

「その方たちは、普通の人ではないわ」

「は？」

「いいの。少しも邪魔なことはないから。照子ちゃんが安心して芝居できるのなら、いていいただいた方がいいわ」

「すみません、わがまま言って」

と、照子が言った。

「主役は責任が重いだけ、多少のわがままは許されるのよ」

と、早紀は冗談半分のように言って、

「さあ、今日は第二幕の頭から。みんな、ちゃんとセリフは頭に入ってる？」

と、他の面々を見渡した。

「じゃ、始めましょ。——最初、私がちょっとやってみるわね」

芝居がスタートした。

綿引家に拾われたゆいは、第二幕では年ごろの娘になっている。

七十五歳の本村早紀が、みごとに二十代の娘になっていた。

ゆいは綿引家の次男坊に心ひかれる。しかし、ゆいの素質を見抜いた一家の女主人は、ゆいを長男の嫁にする、と決める。

恩ある女主人には逆らえない。――ゆいは自分の思いを隠して、長男に嫁《とつ》ぐ決心をする……。

早紀が第二幕を通して演じると、見守る劇団員たちは息を殺して、その演技に引き込まれていた。

「みごとなものだ」

と、クロロックが唸《うな》る。

「――じゃ、照子ちゃん」

と、早紀はさりげなく、

「やってみて」

「はい……」

照子はやや青ざめていた。——目の前で、あんな芝居を見せられては、恐ろしくなるだろう。

しかし、照子は真っ直ぐ背筋を伸ばすと、

「この位置でいいですか」

と、演出家に訊《き》いた。

「始めて」

と、早紀が椅子にかけて言った。

第二幕、ゆいと次男坊が談笑している場面から始まる。

二、三分すると、

「だめだ、だめだ！」

と、演出家が止めて、

「照子、先生はそんな風にやってなかっただろ？　見てなかったのか」

照子は、ちょっと黙っていたが、

「――先生の真似をしたくありません」

と言った。

「私は私のゆいを演《や》りたいんです」

稽古場が沈黙した。

早紀のやり方に逆らうことなど、誰にも考えられなかったのだろう。

演出家が、

「何を生意気なことを言ってるんだ！」

と怒鳴った。

「自分が新人だということを忘れたのか！」

すると、早紀はなぜかクロロックの方を向いて、

「クロロックさん――でしたわね。どう思われます？」

と訊いた。

クロロックは静かに言った。

「あなたも、誰の真似もせずに今の綿引ゆいを創造された。若い人には若い人のやり方があっていいでしょう。判断するのは観客です」

早紀は微笑んで、

「よくおっしゃって下さいました」

と肯くと、照子の方へ、

「あなたのやりたいようにやりなさい」

と言った……。

✠ 影の足音

「今日はここまで」

と、早紀《さき》が言って立ち上がった。

「ありがとうございました」

と、照子《てるこ》が頭を下げる。

「明日また同じところをやりましょう。セリフを少しずつゆっくりしゃべるようにね」

「分かりました」

「お疲れさま」

早紀は、クロロックたちの方へも会釈《えしゃく》した。

稽古場《けいこば》の隅の荷物を取りに行った早紀へ、真木《まき》が寄って行って、

「先生、いいんですか」

と、小声で言った。

「何のこと？」

「いや、新人を甘やかすと、うぬぼれが。上手《うま》いつもりになりますよ」

早紀は微笑んで、

「少しはうぬぼれなきゃ、役者なんてやってられないわよ」

と言った。

「はあ……」

真木は面白くなさそうだった。

「それとも、あなたがゆいを演《や》る？」

「先生……。からかわないで下さい」

——二人の話を、クロロックとエリカはしっかり聞いていた。聴覚は人の何倍も鋭い。

「照子さんのことが気に入らないのね」

と、エリカは言った。

「芝居も人間のものだ。ねたみもいやがらせもある」

クロロックはそう言って、

「しかし、あの照子は才能がある」

「そうだね」

照子が、

「お待たせしました」

と、やって来た。

——三人で、暗くなった道を辿《たど》る。

クロロックが誘って、三人で食事することにした。

「今日は大丈夫みたいです」

レストランに入って、照子が言った。

「やっぱり私の思い過ごしだったのかしら」

「何ごともなければ、それでいい」

と、クロロックはワインなど飲みながら、

「あんたは芝居のことを考えていればいいのだ」

「はい。——これから先が大変です」

照子はお腹《なか》が空《す》いていたのだろう、ハンバーグをペロリと平らげた。

「これから……ゆいが三十代、四十代になって、娘が成長して、夫は離れて行き……」

と、照子はため息をついて、

「経験したことのないことばかりですもの」

「芝居はどれもそんなものだろう。自分と別の人間になれることが面白いのではないかな？」

「おっしゃる通りです」

と、照子は肯《うなず》いて、

「一人で、色んな人生を生きられる。――こんなことのできる仕事って、他にないですものね」

照子の目は輝いていた……。


「わざわざすみませんでした」

照子はアパートの前で、クロロックたちに礼を言った。

「では。しっかりな」

「はい」

「舞台、楽しみにしてます」

と、エリカは言った。

クロロックとエリカは歩き出して、

「あの子の才能を見抜いた本村《もとむら》早紀も大したものだ」

「自分の後を継いでくれる人がいるのは嬉しいでしょうね」

そのとき、照子のアパートから、甲高《かんだか》い悲鳴が聞こえた。

「照子さんの声だ！」

と、エリカは言った。

二人が急いでアパートまで戻って行くと、照子が表に走り出て来た。

「どうしたんですか？」

「誰か——誰か部屋の中にいたんです！」

照子は真っ青になっている。

「ここにいなさい」

クロロックはアパートへ入ると、開いたままのドアを見て、

「あそこだね？」

「そうです。あの……明かり、つけてないので、真っ暗です」

「大丈夫だ」

クロロックは部屋へ入って行った。

「ああ……。怖かった」

と、照子は身震いした。

「誰がいたか、見えなかったんですか?」

「ええ。暗かったから。でも——確かに誰かいる気配が……」

「父に任《まか》せて下さい。大丈夫」

エリカは照子の手を握った。

少しして、クロロックが廊下に出て来て、

「大丈夫。入りなさい」

と言った。

——照子が明かりのついた室内を恐る恐る覗《のぞ》いて、

「誰もいませんね……」

と、息をついた。

「私の気のせいでしょうか？　でも確かに……」

「まあ、しっかり戸締まりをしておくことだ」

と、クロロックは言った。

「はい。――すみません、お騒がせして」

照子は恐縮して、何度も頭を下げた。

――アパートを後にして、

「何か分かったの？」

と、エリカは訊《き》いた。

「いや、あの部屋に誰かいた様子はなかった」

「え？　でも……」

「まあ、これはなかなか難しい問題かもしれんぞ」

と、クロロックは言った……。

「これまでにしましょう」

と、本村早紀は言った。

ホッとした空気が流れる。

しかし、それはいつもとはどこか違っていた。それは今日が稽古の最終日——つまり、明日が公演の初日だったからである。

今日はいつもの稽古場でなく、本公演の行われる劇場の舞台で、「通し稽古」だったのだ。

ちゃんと作り込まれたセット、衣裳もつけ、メイクもして、本番同様に上演する。

「あんまり前の日に頑張り過ぎると、明日、力が出なくなるわ」

と、早紀は立ち上がって、

「今日はみんなゆっくり寝て。でも、明日、遅刻しちゃだめよ」

笑いがおきて、みんなそれぞれにセットから下りた。

「照子ちゃん」

と、早紀は呼んで、

「メイクや衣裳の人ともう一度打ち合わせがあるから、残って」

「はい、先生」

明日の初日、昼夜の二公演があり、昼を早紀が、夜を照子がつとめる。

「お疲れさま」

という声が飛び交う。

「――どう？　緊張する？」

と、早紀に訊かれて、照子は、

「もちろんです。でも、先生の後にゆいを演《や》るんですもの。もうジタバタしても仕方ないと思ってます」

「それでいいのよ」

「はい。チケットの売れ行きが全然違うって真木さんが……」

「そんなこと言ったの？　余計なことを」

と、早紀は苦笑して、

「気にしないのよ。チケットの心配はあなたの仕事じゃないわ」

「はい。それに、当然ですよ。お客さんは先生の綿引《わたびき》ゆいを見たいんですもの」

「大丈夫。公演の終わりごろには、あなたの舞台も売り切れになるわよ」

「だといいんですけど」

「さ、行きましょう」

早紀が促して、二人は楽屋へと入って行った。

✠ 光の下へ

「よっこらしょ」

つい、声に出して言ってしまい、照子《てるこ》はあわてて周囲を見回した。

ラーメン屋の中は騒々しくて、誰も照子の言ったことなど聞いていなかった。

ホッとして席に落ちつくと、注文したチャーシューメンが五分としない内に出てくる。

「いただきます」

と呟《つぶや》くと、割りばしをパキッと割って食べ始めた。

つい、「よっこらしょ」と言ってしまったのは、〈ある女の生涯〉の最後の場では、七十歳になった綿引《わたびき》ゆいを演じなければならないからだ。

もちろん、三十二歳の照子にすれば、七十歳の自分を想像するのは容易ではない。

早紀《さき》は実際に七十代だが、普通の七十代とはわけが違うから、真似しても仕方ない。

必死で、「自分は七十歳になっている」と思い込むようにして、演じてみる。

――早紀は何も言わなかった。

でも……もう迷っていても仕方ない。明日の夜には、綿引ゆいにならなければならないのだ。

どんな結果になるのだろう？


その人は、暗い道に立っていた。

「――お呼びでしたかな」

と、クロロックは声をかけた。

「こんなに暗いのに、私をご覧になれるのですね」

と、本村《もとむら》早紀は言った。

「やはり、あなたは普通の方ではないのですね」

「なに、大して違いはない。人間より少々長生きをしているだけの話です」

と、クロロックは言って、

「あなたは今、何歳になっておられるのかな？」

早紀はちょっと笑って、

「私はどこにでもいる七十五歳のおばあさんですわ」

「私をお呼びになったのは、あの入江《いりえ》照子のことを心配してでしょうか」

「よくお分かりで」

「誰かに、いつも後をつけられ、見られている、と彼女は感じています」

「存じています」

と、早紀は肯《うなず》いて、

「本当のことを知ってほしいのです」

「それは——あなたもかつて同じ経験をされたからでしょうか」

「ええ。お分かりなんですね」

「私も色々見て来ましたからな。伝説の名女優サラ・ベルナールを初め、大勢を」

「すばらしいこと！　私も生まれかわれるものなら、あなたのように……」

「いやいや、あまりおすすめはしません」

と、クロロックは微笑んだ。

「明日は初日なのです」

「そう聞きました」

「今夜、たぶんまた誰かが照子ちゃんの近くに現れるでしょう」

「かもしれませんな」

と、クロロックは肯いて、

「娘のエリカが彼女についています。ご心配なく」

と言うと、ふと耳を澄まし、

「どうやら、そろそろのようだ」

と、早紀の腕を取って促した。


さあ、今夜は早く寝なくちゃ。

照子は、自分にそう言い聞かせながら、アパートへの夜道を辿《たど》っていた。

言い聞かせたところで、眠れるわけではないだろう。でも、今、照子の心は穏やかだった……。

「――え?」

照子は、背後に人の足音を聞いた。

まさか!　やめてよ、今夜だけは!

しかし、足取りを速めても緩《ゆる》めても、その足音はぴったりと後ろをついて来る。

「やめて!」

照子は、そう叫んで、力一杯走り出した。

必死で走ると——足音はしっかりとついて来た。

「アッ！」

何かにつまずいて、照子は転んでしまった。——追いつかれる！

そのとき、前方から駆けてくる足音がして、

「照子さん、大丈夫ですか？」

「エリカさん？　助かった！」

「さあ……。立てますか？　どこかけがは？」

「いえ、大丈夫……。今、足音が——」

「聞こえたのね」

と、暗がりから現れたのは——。

「本村先生！」

照子は唖然として、

「先生だったんですか、あの足音？」

「まさか。七十五にもなって、あなたを追いかけて走れるわけがないでしょ」

「じゃ、一体……」

「あんたを追いかけていたのは、あんた自身の影なのだ」

と言ったのは、クロロックだった。

「私の影？」

「そうだ。あんたが作り上げた存在しない人間なのだ」

「そんなことが……」

照子はただ目を丸くしている。

「私もね、同じことがあったの」

と、早紀が言った。

「先生も？」

「才能ある役者は、一度は同じ思いに苦しんで来たわ。——凄《すご》いことでしょ？　役が『自分』というものを持って、自分から離れてしまうのよ。そんな人はめったにいない」

「じゃあ……」

「でもね、そこで足を止めてはいけないの。他の人間になり切るのは大変なことだけど、そこで止まったら、役者として大きくなれないわ」

「どうしてです？」

「役になり切る。その次は、役を突き放すことよ。自分が作り上げた役を、お客の目で眺めることができれば、次の役が来たとき、新しい気持ちで向き会えるわ」

「何となく……分かります」

「あなたはそれができる人。——私の目に狂いはなかった！」

早紀が照子を静かに抱きしめた……。


戦争中も、綿引ゆいは一家の主として、家業を守り抜く。

そのためには、夫に嫌われ、娘にそむかれなければならなかったが。ゆいは自分の道を進んで行く。

そして、夫の死。死の間際《まぎわ》、夫は初めてゆいの苦しみと献身《けんしん》に感謝する……。

敗戦。爆撃で跡形もなくなった屋敷の跡で、ゆいはかつて思いを寄せた綿引家の次男とめぐり会う。

何もかも失って、しかし今生きている自分から、未来の夢を見つめる老《お》いたゆい。

二人は明るく笑って、幕が下りる。

しばらく客席は沈黙していた。

――どうしたんだろう？

照子は不安で倒れそうだった。そのとき――。

拍手が、湧き上がるように起こった。そしてそれは大きくふくれ上がった。

「さあ！　カーテンコール！」

早紀が照子を押しやる。

幕が上がり、舞台中央に立った照子は、全部の観客が立ち上がって、自分に喝采《かっさい》を送っているのを、信じられない思いで眺めた。

深々と頭を下げ、照子は涙が止まらなかった……。

「――先生！」

袖《そで》へ戻った照子は、早紀に抱きついた。

「さあ。まだ初日が終わっただけよ」

と、早紀は言った。

「『が』の発音に気を付けてね」


「〈新しい綿引ゆいの誕生！〉って、評が出てるわ」

と、エリカが新聞を広げて言った。

「絶賛されてる」

「良かったな」

クロロックはソファで寛《くつろ》ぎながら、

「我々も一人の名優の誕生に立ち合えたわけだ」

「大したものね」

と、涼子《りょうこ》がお茶を飲みながら、

「私も、小さいころは女優に憧《あこが》れてたのよ。今からでも遅くないわよね。あなた、どう思う？」

クロロックは聞こえなかったふりをして、ＴＶのニュースへと目をやった……。

※この作品はフィクションです。実在の人物・団体・事件などにはいっさい関係ありません。

集英社オレンジ文庫をお買い上げいただき、ありがとうございます。
ご意見・ご感想をお待ちしております。

● あて先
〒101-8050　東京都千代田区一ツ橋2-5-10
集英社オレンジ文庫編集部 気付
赤川次郎先生

集英社
オレンジ文庫

吸血鬼と伝説の名舞台

2018年7月25日　第1刷発行

著　者　赤川次郎
発行者　北畠輝幸
発行所　株式会社集英社
〒101-8050東京都千代田区一ツ橋2-5-10
電話【編集部】03-3230-6352
【読者係】03-3230-6080
【販売部】03-3230-6393（書店専用）
印刷所　大日本印刷株式会社

※定価はカバーに表示してあります

ISBN 978-4-08-680200-0 C0193